戴晨志 著

機會，就在行動裡！

讓你揚眉吐氣、逆勢翻紅

時報出版

只要找到路，不怕路遙遠 PART 1

PART 2 別甘於平凡，要有些衝動

PART 3 每一次出手，都勇敢自信

PART 4 做事要高明，不要太精明

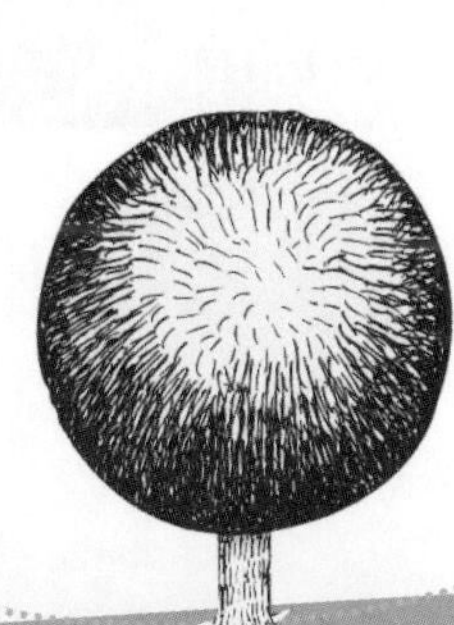

自序

要改變，就要「有衝動、敢變」

——絕處逢生、揚眉吐氣、逆勢翻紅

戴晨志

二〇〇六年六月的某一天，美國德州有一名三十八歲的男子杜魯門．鄧肯（Truman Duncan），在鐵道上從事板車工作時，不慎跌倒，衣服勾到一列正在緩緩移動的火車。

當時，他一下子扯不開勾在火車上的衣服，也急著努力掙脫，結果，卻摔進了火車下方。就在剎那間，火車的鋼輪當場輾壓過他的雙腿，造成骨盆被壓碎，腎臟破裂。後來，駕駛火車的司機發現有異狀，立即停止行駛。

然而，被車輾在輪下的杜魯門，身體已被輾斷成兩截。他，痛苦不堪，也忍住極大的疼痛，冷靜地掏出身上的手機，撥打九一一的急救電話……

根據九一一的錄音紀錄，杜魯門當時呼吸急促，但仍然保持冷靜地對接線生說：「我需要九一一，我想我被切成兩斷了……」

困惑不解的接線生說：「是有人被車子撞到了嗎？」

「那個人就是我……快，請趕快派人來，小姐……我想，我馬上就要休克了！」杜魯門躺在鐵軌上，截斷的下半身，一直大量地流著鮮血。

救護人員花了四十五分鐘才趕抵現場，杜魯門幾乎已經要失血休克，但他仍盡量讓自己保持清醒。他的上半身子與下半身雙腿，是分離的，救護人員立刻將他用直升機送往醫院急救。

醫生在急診室看到截成兩段、渾身是血的杜魯門，嚇了一大跳，他真的不敢相信自己的眼睛，也以為，不久後，可能就要宣布病患死亡……

可是，杜魯門的求生意志很強，他昏迷了三週，也接受了至少二十三次的手術，住院四個月；最後，他被截去了雙腿，坐著輪椅回家，也回到鐵路公司，繼續樂觀、快樂地在鐵路公司負責火車維修的工作。

杜魯門事後說道：「發生意外時，我知道自己會休克，但我從沒想過我會死！我想活下來，我想看到兒女一天天地長大！」

現在，沒有雙腿的杜魯門，雖坐著輪椅，但他仍快樂地陪孩子一起玩耍、丟橄欖球，也學會游泳，並駕駛一輛經過改裝、可以用手操控煞車、踩油門的車子。而且，杜魯門也試著裝上義肢，讓自己學習——慢慢地再次用雙腿走路。

每個人都有可能會遭到不幸和意外，但杜魯門在被火車截成兩段時，並沒有嚎啕大哭、驚慌失措；他勇敢、冷靜、沉著地想辦法自救，並以堅毅的求生意志力，來與死神搏鬥！因為，他想「看到兒女一天天長大」，他也要大聲地告訴大家——「活著，真的很美好！」

人生，就是要有「堅強的意志力和企圖心」，才能使自己活得更美好呀！

有個媽媽在聽了我的某個廣播節目訪談之後，難過地在網站上留言說：「我兒子前幾天跟我說，他要留兩個學分延畢，不要畢業。而他，現在已經二十七歲了，還在念大學……」

唉，別人二十七歲都已經在職場上拚出成績，而他，卻還不想大學畢業，只想靠父母，沒有企圖心和意志力，讓媽媽真是傷心、難過呀！

有一名高速公路收費站的女收費員，她買了我三十多本書，也是我的忠實讀

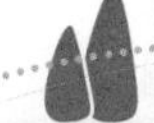

者；這女孩不想每天在高速公路從事枯燥、無趣、機械式的「收票工作」，她辭去了收費員工作，認真學習日語；之前，她曾打電話告訴我，她已通過日語第三級和第二級的檢定，可是，第一級很難，她的朋友都叫她不必那麼辛苦……

可是，學日語，想拿認證執照就不能怕難呀！這女孩不放棄，因為「勝利總在堅持後」呀！她每天勤練日語，也幫日語老師工作，全心投入日語的環境。

「不投入，就不能專注。」

「要改變，才有機會！」

這女孩前不久又打電話給我，告訴我：「親愛的戴老師：經過努力的苦讀，我終於通過了日文檢定最高級——一級的考試。好開心哦！感謝老師在我身邊一直鼓勵、激勵我，謝謝您！我感動到想哭啊……」

其實，我什麼都沒做。有好成績的話，那都是這女孩自己努力爭取來的。

她，「把信念，化作行動！」去做了，就得到美麗的成果。現在，她當起了日文老師，結交了許多日本朋友，也拿到了日語導遊執照。

真的，**一個人「只要有準備，就不怕沒機會。」**

而且，「機會，就藏在行動之中」，不是嗎？

一個人欲脫離困境，就必須下定決心，「渾身是勁，使命必達！」只有說做就做、即知即行，才能「找到生命的新出口」。因為「與其抱怨，不如行動！」

人生在面臨重大抉擇時，必須有一股「衝動」——打斷退路、破釜沉舟的衝動與決心，來力挽狂瀾、改變命運！否則，每天渾渾噩噩，對工作沒熱忱、沒理想、沒幹勁、沒衝勁，卻又「食之無味，棄之可惜」，那，只有過著平凡、平淡、沒有企圖心、沒有創意的日子了。

其實，**「慢一點，不等於失敗。」**

「成績差，並不等於笨蛋。」

跑得快，將來不一定永遠領先。跑得慢，只要有行動、有毅力、有堅持，仍然會有「絕處逢生、揚眉吐氣、逆勢翻紅」的契機啊！

也因此，機會，就在行動裡。只要行動，就有二分之一的成功機會。

不行動，就永遠沒有成功的機會了，不是嗎？

所以，**「要改變，就要敢變。」停止抱怨、付諸實踐、挑戰極限——你就知道，自己可以爬得更高，走得更遠啊！**

〈後記〉

很多讀者告訴我，在我著作中的序文都很有趣、很好看，所以我將過去十九本書的「序文」集結成書，取名為《機會，就在行動裡》，作為這階段性的紀念文集；同時，也加上個人最新的學習心得與觀察，寫於文末，來與讀者們分享。

只要有刺激、你我都能改變自己的想法。

只要有改變、有行動，機會和好運就一定會接踵而來啊！

PART 1

只要找到路，不怕路遙遠

你的傷心期已到，請暫停使用！

用幽默代替悲傷，
用快樂戰勝挫折，
用信心打敗低潮！
人生，有心有願，就有力！

聽說，有一名大陸人士，搭乘長榮班機飛往台灣；在飛機上，大陸人士就對空姐說：「小姐，來一杯茶水！」

美麗的空姐很客氣地問他：「先生，請問您是要茶，還是水？」

這時，這名大陸人士很不高興地嘟噥說：「小姐，茶水就是茶水，妳看看，你們台灣人就是喜歡搞分裂！」

哈，連「茶水」都可以「搞分裂」，真是有意思。

人與人之間，就是要常溝通、對話、交往，才會有感情。所以，「不對立，要對話！」少了良性的溝通與對話，就會出現一些問題與隔閡。

聽說，有個高階將官到海軍陸戰隊去視察，就對許久沒有回家的新兵問道：「怎麼樣，來當海軍陸戰隊有什麼感覺？」

一士兵回答說：「一日陸戰隊，終身掉眼淚；終身陸戰隊，不死也殘廢！」

班長一聽，氣死了，說：「你胡說些什麼？去跑操場五十圈！」可是，開明的長官說：「沒關係，我要聽他們的心聲！」

於是，長官又問了另一個小兵說：「你呢？有何感想？」

那小兵大聲地說：「我在當兵不怕累，只怕老婆跟人睡；她在爽我在累，誰叫我是海軍陸戰隊！」

的確，人是感情的動物，分開久了，感情可能就會有變化、生疏，以致造成「兵變」。

可是，人天天住在一起，生活在同一屋簷下，不見得就會感情好啊！所以，有個男子到書店買書，想找一本《幸福婚姻指南》，就問店員，書放在哪裡？店員說，是放在「科幻小說」那個櫃子。

「那《夫妻相處祕笈》呢？」男子又問。

「噢……那是武俠小說，要到武俠小說的櫃子去找！」

■放鬆自己，學習自我解嘲、快樂紓壓

其實，現今社會要找到個性相容、興趣相符的另一半，真是很不容易；有些女子，已超過適婚年齡，不免就心慌起來。

所以，一聽到有人介紹未婚男士時，十八歲的女生會問：「他很帥嗎？」而二十八歲的女生會問：「他很有錢嗎？」

至於三十八歲的女生，則會問：「快，快說，他人在哪裡？」

在緊張、有壓力的現今社會中，人都需要放鬆自己，學習「製造幽默、快樂」。我發現，好多人因工作繁重、心情緊張，以至於鬱鬱寡歡，生活中難得出現笑容。其實，放下手邊工作，說個幽默笑話，或大聲地笑一下，也是紓解生活壓力的好方法。

在英國，有一家報社舉行了一場「全英鼾聲大賽」；比賽前，先讓參賽者在飯店裡狂飲，然後回房睡覺。而後，裁判們從深夜忙到天亮，利用「測音器」

來測試參賽者的鼾聲。結果，一名四十六歲的司機贏得了冠軍，因他的鼾聲是八十二分貝，相當於啟動一輛摩托車引擎的噪音。

另外，馬來半島上的薩卡耶夫族人，他們決鬥的方式就更奇特了！他們用「孔雀羽毛」來相互搔癢，只要能使對方忍不住地笑出聲來，就獲得勝利。

■少一些負面口水，多一些幽默與詼諧

哈，這些比賽，真是幽默、有創意。可是，咱們的生活太嚴肅、太沒有幽默感了，以至於新聞版面出現的，都是政治口水戰，或是搶劫、打殺的社會負面新聞。而且，政治人物的說話，也都是嚴肅的批評，一點幽默和詼諧都沒有。

曾有一政府首長，在下鄉視察時，為了展現他的親和力，就在致詞時把內心感想說出來。

他說：「我這整整兩個年頭，實在很辛苦……」可是，當他用生硬的台語講出來時，大家都聽到他說：「我這腫腫兩個乳頭，實在真甘苦……」

最近，網路上流傳一則故事——

念小學時，覺得老師有兩種：「一種是男的，一種是女的。」進入國中後，發現老師也有兩種：「一種是會打人的，一種是不會打人的。」

考上大學，發現老師也是兩種：「一種是有學問的，一種是沒有學問的。」而自己當了老師之後，發現老師還是有兩種：「一種是有骨氣的，一種是沒有骨氣的。」

哈，這真是很貼切呀！而我也認為，當別人在評價我們，也分為兩種：「一種是懂幽默的，一種是不懂幽默的！」不是嗎？

行動加油站

人生有如一齣戲，有人演喜劇，有人演悲劇；有人演煽情冗長的連續劇，有人演起鬨瞎搞的胡鬧劇……

聰明的人，知道自己最適合扮演何種角色、不該扮演何種角色？有智慧的人，知道自己懂什麼、不懂什麼？擅長什麼、不擅長什麼？所以，他們知道，要扮演「最好的自己、最棒的主角」，讓自己在人生舞台上，發光發熱、光芒四射！

幽默喜劇，帶給人們快樂與歡笑；傷心悲劇，帶給人們眼淚與悲痛；胡搞鬧劇，帶人們厭煩與不耐……然而，一齣好戲，應該是笑中有淚、回味無窮；有歡笑、有感動、有啟示！

一個人懂得幽默溝通，用自嘲來看待自己，用風趣來與人對談，人生就會是一齣幽默歡樂的喜劇。當然，人生難免會有挫折、有失敗、有難

過、有眼淚；但是，難過時，「只准自己哭一天就好」——擦乾眼淚，讓悲傷、憤怒、挫敗早點煙消雲散，明天又是個嶄新的一天呀！

由法鼓山人文社會基金會與中華電信主辦的「一手握滿了暖意」手機徵文活動中，獲得優選獎的林怡辰，寫出了創意的簡訊——「**親愛的顧客您好，您的傷心已經到期，請您儘速暫停使用，並用快樂代替，本公司將用聆聽回收傷心、溫柔拭去眼淚，請您馬上和我聯絡。**」

是的，「您的傷心已到期，請暫停使用！」

我們都要用幽默代替悲傷、用快樂戰勝挫折，也要用信心打敗低潮！

智慧小錦囊

- 幽默的一項遊戲規則——讓每個人都快樂，絕不可掃別人的興。
- 只要找到路，就不怕路遙遠；有心才有福，有願才有力！
- 人生不是一開始就有價值的。人生自我的價值，是要自己去創造！

知道為何而活，
就可忍受一切折磨！

生命是一座破爛難走的「危梯」，
我們都得小心翼翼地往上爬！
爬梯時，有危險、有黑暗，
並不是一切光明、鋪著地毯……

隨著年齡增長，各種病痛隨之而來。一天，我到某大醫院看泌尿科醫生，醫生說，我應該是「慢性攝護腺發炎」。怎麼會這樣呢？我想，大概是經常長途開車、少喝水、常憋尿，或是長時間坐著寫稿、校稿的緣故。

談了一下話後，醫生認真地看著我說：「你……你是不是那個作家？」

我笑笑地說：「沒有啦，我只是喜歡寫一些東西！」

「噢，你太客氣，你很有名哦！……可是，攝護腺發炎這種病，很麻煩，要吃藥，至少要持續吃一個月！」這泌尿科醫生，也是該科的主任，年紀大概和我差不多，是美國醫學博士，講話聲音很大、很爽朗；他又說：「去，你先去驗尿，作家生病也要先驗尿，才能對症下藥！」

拜託，我不是什麼「作家」，我只是個「普通病人」啦！可是，我不敢多說什麼，只是低著頭說：「好！」此時，在旁的年輕護士拿給我一張單子，說：「快去、快去驗尿，再把驗尿結果拿回來！」

好啦，驗尿就驗尿，那麼大聲幹嘛？旁邊還有其他女病人在等著看病哪！

到了檢驗站，我把驗尿單交給護士，她看了一眼單子上我的名字，即把嘴湊向左邊的女同事，竊竊私語地講了一些話，然後轉過頭來對我說：「桌上有紙杯、有尿管，你自己拿到廁所尿尿。記得，不要前段的尿，我要你中段的尿；你把尿裝進尿管，裝八分滿就好了！」

好吧，我一句話也不敢說，趕緊拿著紙杯、尿管到廁所。

好了，可以了，都按照護士的交代——「尿中段的尿、裝八分滿……」可是，當我拿著尿管、遠遠地走回檢驗站時，只見站裡突然冒出五、六位護士七嘴八舌、嘻嘻曖昧地說：「哪一個？……哪一個是戴老師？」

「那一個呀，就是『個子矮矮』、『手上拿著尿管』的那一個呀！」

天哪！妳們這些護士，我只是個病人，拜託妳們不要指指點點好不好？我是人，我當然會生病呀！我硬著頭皮，裝著沒聽見，把尿管放在檢驗檯上，就走了。

約莫半小時，檢驗報告出來了，我看不懂醫學檢驗數據，急著先問護士：

「怎麼樣？有問題嗎？」那俏護士笑著說：「你白血球太多，多到不能計算……你呀，要多喝水、要常尿尿、不能常憋尿……」

好啦，我知道啦，這種事，拜託不必講那麼大聲好不好？……

後來，我學乖了，除了要經常多喝水、按時吃藥之外，長途開車時，再也不敢憋尿了！很幸運地，一星期後，泌尿的問題就不見了。

■我本想放棄，但我盡力想辦法克服困難

有一天，我又開著車子到宜蘭市某一國中，校方安排我在大體育館裡，進行兩場千餘人的大型演講。幾天前，我就請輔導組長準備約一百八十吋的大銀幕，以方便我使用電腦和投影機。可是，該組長曾在電話中苦惱地對我說：「戴老師，我們體育館裡沒有那麼大的銀幕啊！」

「可以借得到嗎？或用租的！」我問。

「我問過很多單位，都借不到；租的話，要一萬多元，我們學校沒有這筆預

算啊……」輔導組長說。

那時，我也有點無奈，因對我而言，在面對一千多名學生演講時，我希望有個大銀幕，能秀出我準備好的靜態、動態畫面，來和學生分享。所以，當時我就對該輔導組長說：「你自己想辦法好了，我相信，你一定可以做到！」

當天，我到達那所國中，一進入體育館時，我大吃一驚，因為，他們竟然已用克難的方式，自製了一個一百八十吋的超大銀幕，吊掛在舞台前方。該校校長、主任很得意地說：「戴老師，這是我們組長自己去布莊買白布、買竹竿，自己裁剪縫製、克難做成的大型銀幕。樣子有點醜，不知道這樣可不可以？……」

我……我真是感動，不禁轉過頭，對該組長說：「哇，你真是太棒了！」

此時，那帥帥的組長說：「沒有啦，這是我該做的！本來我想放棄，可是，戴老師您在電話裡告訴我說：『我相信，你一定可以做到！』就因這句話，我就想，我一定要想辦法克服困難，完成這項任務……」

■做個超越自己的贏家

這幾年，我也曾多次開車到高雄縣、位於深山內的「六龜育幼院」，靜靜地參訪院內的設施、看看天真可愛的院童，也坐在小教堂內，享受寧謐的安詳氣氛。

有一次，當我走在該育幼院的行政走廊時，看到牆上貼著一大張紅色海報，上面寫著：

「賀本校校友周××同學（六龜育幼院），參加大學推薦甄試，高分錄取國立台灣大學中文系……」

站在這張海報前，我用心看著、端詳著，眼睛竟然模糊、溼紅了！我用相機，拍下了這張海報，做為自我的激勵和紀念。

育幼院中的孩子們，大部分都是沒有爸爸、媽媽，或家庭遭到重大變故；但，即使出身育幼院、沒有依靠，他們都必須靠著自己不停的努力、奮鬥，才能出人頭地、脫穎而出，而使自己更加傑出啊！

然而，在家庭富裕或父母呵護備至中成長的我們，還不夠用心、不夠努力、不夠專注，以至於我們的表現平庸、差強人意，而還沒有做到令人「刮目相看、讚譽有加」的傑出地步！

有人說：「成敗靠用心，輸贏靠細心！」是的，我們都必須讓自己「每天進步五%」——減少吃喝玩樂、懶散懈怠的心，多學習成長，而逐漸成為一個「超越自己的贏家」。

只要勇敢地告訴自己——「我相信，我一定可以做到！」那麼，就沒有事會難倒我們！因為，「信心和毅力」一定會帶領我們，走向成功、傑出的坦途！

行動加油站

美國反對種族歧視的黑人詩人藍斯頓・休斯寫過一首短詩〈母親告訴兒子〉，詩文流露出黑人遭遇歧視的心情：

孩子啊　我告訴你
生命在我走來可不是什麼水晶階梯
它東釘西補　處處是裂片
梯板破破爛爛
很多地方連地毯都沒有……
光光禿禿
但是無時無刻　我都在往上爬
爬到平台　繞過拐角
有時後爬進黑暗　看不見任何亮光

孩子呀　可別轉身回頭
可別只因感到困難
就在樓梯上裹足不前
小心別摔下去了……
你看我也還在爬　寶貝
這生命在我走來　可不是什麼水晶階梯啊

其實，對任何人而言，生命也都是一座東補西釘、破爛難走的「危梯」；爬梯的人都必須小心翼翼、咬緊牙關地努力往上爬。同時，爬梯時，有危險、有黑暗，並不是一切光明、鋪著地毯呀！

然而，我們每個人都自我追尋地爬上人生的長梯，要自我超越、自我提升；因為，每天努力的一小步，就是一生的一段路。只要努力做好今天

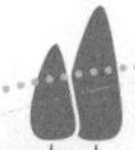

的功課、踏穩生命的每一個階梯，我們都能成為一生最棒的「圓夢高手」啊！

所以，「成敗靠用心，輸贏靠細心。」我們都要用心、細心在自己的生活上與專業上，也要讓自己盡快地走出悲傷和陰霾，因為——

「我們沉溺於自己的不幸遭遇越久，它對我們的傷害越大。」

——伏爾泰（法國哲學家）

智慧小錦囊

☺ 上帝在每個人出世時，都會給他一把鋤頭，去挖掘他自己的田地。

——魏德聖（海角七號導演）

☺ 知道自己為何而活，將可以忍受一切折磨。

——尼采（德國哲學家）

☺ 做事投入，才能更深入；用心付出，才能更傑出。

要在陽光燦爛時，努力修補屋頂！

自憐，是你我最惡劣的仇敵，
如果我們深陷其中，
就沒有辦法在這世界上，
成就任何一件好事。

網路上流傳一些小故事——在公車上，一老太婆對旁邊背書包的男學生問道：「你……你……知道……行……天……宮……要……在……哪裡……下……車……嗎？」

男學生看了老太婆一眼，不太理會那說話吃力、口吃的老太婆。老太婆有點心急，再次問道：「請……問……行……天……宮……要……在……哪裡……下……車？」

可是，那年輕學生還是不回答。這時，旁邊有個老先生實在看不過去，就指責男學生說：「你真是太過分了，老太太說話這麼辛苦，你還不回答她！」

這時，男學生沮喪著臉說：「我……我……怕……她……會……以……為……我……是……在……學……她……說……話……」

小陳問他的大學同學立明：「咦，你剛才看到一個男的走過，臉上表情怪怪的，你認識他嗎？」

立明說：「認識，他應該可以算是我的遠親。」

「遠親？什麼樣的遠親？」小陳問。

「他……他和我未婚妻結婚了！」立明說。

阿松成績不好，學習態度也吊兒郎當，老師氣得把阿松的媽媽叫到學校來，對她說：「妳這個兒子不念書，就是愛玩，連最簡單的『馬關條約』是誰簽的都不知道！」

媽媽一聽，生氣地對阿松說：「兒子啊！男孩子做事就是要『敢做敢當』，那個馬什麼條約，如果是你跟人家簽的，你就要勇敢承認，我們做人就是要誠實，你不要讓老師氣成這樣啊！」

唉，生活、念書、工作真是苦悶，背什麼「馬關條約」，也真是好無聊！不過，多聽點笑話，可能會讓苦悶的日子，添增一些趣味！

■如果課本裡有許多小笑話，多好！

最近，大陸有一位自稱是「苦孩子」的學生投書給報紙，他說，他念小學六年級，可是日子過得好苦；因為，從小學一年級到六年級，他從來沒有好好玩過，現在每天晚上寫作業，都要寫到十點，甚至十二點。所以，這苦孩子說：「我好羨慕那些瞎子、聾子，因為他們看不見、聽不見，他們可以不用整天學習！」

也因此，這學生說，讀書好累，為什麼連寒假、過年都還要寫作業？所以他的新年新希望，就是——「讓自己變成一個瞎子、聾子，可以不用再念書。」

當然，這是孩子在大人的錯誤壓力下所形成的偏激想法。可是，類似這樣的「苦孩子」還真不少，以致許多孩子與「學習」形成嚴重對立，這真是可惜啊！

如果，課本裡有許多小笑話，多好！

如果，老師能夠幽默、風趣，多好！

如果，教學有創意、有吸引力，不用一直抄寫作業，多好！

如果，教室像電影院，多好！

然而，孩子不想念書了，想逃學了，想變成瞎子、聾子，怎麼辦？人生總要成長，要不停地學習呀！星雲大師與大陸名作家余秋雨在一場座談會中，不約而同地談到讀書的重要。**星雲大師說：「即使再窮，也要讀書！」而且，人不只要讀書，還要讀自己、讀心、讀人生**。

當然，一個人不是只有「讀書」就能成功，可是，知識就是力量！有知識、有見識，就有實力，也才能跳脫「舊思維」，走出人生「新絲路」啊！

而除了知識之外，人更需要有毅力、有意志力、有堅定力。所以，空口說，不去做，怎能累積出自己的實力？因為，「**說一丈，不如行一尺呀！**」

最近，我看到一則報導——有一名羅姓學生，國中時都在玩，英文、數學幾乎沒有及格過；後來念了私立商工機械科，自認學費太貴，對不起父母，而下定決心要好好念書。後來，他考上崑山科技大學，畢業後，又考上台大機械所等四所國立大學研究所。而在考研究所的前半年，他說，他每天平均念書超過十小時、甚至十二小時。

羅同學說：「**一旦下定決心要念書，什麼時間點都不嫌晚。**」而且，「**人一定要有目標，不管目標是高、是低，有了目標才能推著自己往前走！**」

所以，「**有目標，就有希望**」、「**有意志，就有力量**」、「**有毅力，就會成功**」！

■心手合一，專注於一，才能拿第一

二〇〇五年奧斯卡金像獎最佳女主角，由女星希拉蕊史旺獲得。希拉蕊史旺說，她是住在拖車裡長大的女孩；從小，她的父母經常吵架，甚至扭打，七歲那年，祖母寄給她一張機票，要她遠離家暴陰影。後來，希拉蕊一個人搭上飛機，也在飛機上哭累而睡著；當她醒來，看見機艙外的陽光、雲彩，金光燦爛，於是她發誓——**「原來世界很大、很美，我要努力，讓自己經常坐飛機看世界！」**

希拉蕊史旺並不是美女型的演員，比起妮可基嫚，演戲的機會自然比較少。可是，她帶著夢想進軍好萊塢，等到有了「登峰造擊」這部電影的演出機會，她不惜為戲增胖九公斤；更重要的是，她完全投入、勤練拳擊，所以才能以精湛的演技，二度贏得影后的殊榮！

有位潛能專家指出，**成功者有三項特點——**

「**一、是充滿自信心；**

二、是有達成目標的企圖心；

三、是堅忍的意志力。」

所以，一個人有自信心、企圖心和意志力，才能邁向成功！而有實力的人，才會神采奕奕、十分神氣，不是嗎？

其實，「訓練不苦，就不叫訓練；訓練不苦，就不要訓練。」的確，訓練的過程，都是苦的；但，只有經過嚴厲、嚴苛的苦練，才能造就出有實力的人呀！

知名媒體人陳文茜小姐曾說一名言：「女人一過四十歲，就什麼都下垂，包括晚上十點以後的眼皮……」哈，真有趣！其實，男人呢，何嘗不是？如今，我已超過四十五歲了，眼皮也常不聽使喚而下垂；看太近的文字，眼鏡都要拿下，因已有「老花眼」了。

可是，不管如何，我們都要堅定信念，並不斷地朝著自己設定的目標前進！

因為，「**只有心手合一、專注於一，才能拿第一！」**

「專注、用心、不旁鶩、有實力的人，才是最神氣呀！」

行動加油站

全球最大的大陸電子商務網站阿里巴巴，已在台灣設立分公司；其創辦人馬雲先生眼光極為精準，在全球經濟還沒感到「金融海嘯」時，他就寫信告訴員工：「貿易寒冬要來了，大家要準備過寒冬……」果然，次貸風暴大爆發，全球經濟衰退，許多公司倒閉、關門。

馬雲的一句名言是：「一定要在陽光燦爛時修屋頂。」

的確，當風雨來襲時，我們怎能冒著強風豪雨出去修理屋頂呢？這時候，已經來不及了！只有在陽光普照、晴天無雨時，去修理自己漏水的屋頂，才是最聰明的；當大雨來臨時，也才能安心無虞地住在屋裡，享受不被風雨吹襲、淋溼的安全。

所以，人生要隨時訂定目標，向著既定目標前進。

而且，也要——**「著眼長遠未來，穩步向前走！」**

一個人少年得志、快速登上高處，並不一定是件好事；一步一步、一階一階、老老實實、腳踏實地的往上爬，才是最安全穩固的。

同時，日本字中有一句成語**「一生懸命」**——亦即**「為了達成目標，必須執著用心、盡心盡力、使命必達，即使付出全部生命，也在所不惜！」**

我們就是要以「一生懸命」的信念與決心，讓自己迸發出生命的潛力和光芒；而且，**也要努力做到「3P」的目標—**「Progressive」（**積極**）、「Patience」（**耐心**）、「Professional」（**專業**）。

智慧小錦囊

☺ 你的選擇，可以是「做」或「不做」。可是「不做」，就是永遠沒有成功的機會。

☺ 「自憐」，是你我最惡劣的仇敵！如果我們深陷其中，就無法在這世界上成就任何一件好事。

——海倫凱勒（美國殘障教育家）

☺ 過去，是一塊磐石，無法改變；未來，是一塊泥土，任你雕塑。

決定，是成功的起步；
堅持，才是翻身的保證！

只要有「馬達一啟動，就關不掉」的求勝決心，
就能自創傑出的品牌，
成為一個令人刮目相看、
不被奚落的「高人」！

曾經看過一則故事，說有個父親叫兒子趕快上床去睡覺，不要再講話了！可是，才過沒五分鐘，兒子翻來覆去、睡不著覺，就開口說道：「爸爸……爸爸……」

「趕快睡覺啦！不要講話。」爸爸繃著臉說。

「爸爸，我好渴，我想喝水！」兒子躺在床上懶懶地說：「可不可以倒杯水給我？」

「不行，要喝，自己去倒！」爸爸嚴肅地說。

又過了三分鐘，兒子又慵懶地叫了：「爸爸……」

「做什麼啦？」

「我……我真的好想喝水，你倒一杯水給我喝嘛！」

「我說過，不行就是不行，趕快睡覺，再吵我就打你！」

此時，兒子不說話了。可是，再過五分鐘，兒子又說：「爸爸……」

「你到底要幹嘛啦！」爸爸很厭煩地說。

兒子說：「爸爸，等一下你要過來打我的時候，可不可以順便倒一杯水給我？……」

這是網路上的一則笑話，而引用這則笑話的人註釋說，「死皮賴臉」這四個字，很適合用來形容這則笑話。**可是，我覺得，這兒子不是「死皮賴臉」，而是「設定目標、不畏困難、鍥而不捨、堅持到底」**。儘管父親要過來打我，也要叫他順便倒一杯水來給我；不達目標，絕不輕言放棄。哈！

我的兒子、女兒，目前念小學五年級和四年級，他們從小到現在，都沒喝過汽水、可樂，也很少玩電動玩具。

天啊，那他們平常都在幹什麼呢？哈，他們竟然迷上了「看籃球」轉播，而且，我也帶他們一起到籃球場看現場比賽。因為我太太是籃球迷，所以兒子、女兒都被「感染」，而為籃球瘋狂，甚至連哪些明星球員叫什麼名字、穿幾號球衣，都記得一清二楚。

那天，寒流來襲，我們全家四人又到體育館看籃球賽，其中一場，是對戰紀錄保持十場全勝的「裕隆隊」與未曾贏過一場的「台銀隊」。兩隊交鋒，真是實力懸殊、情勢一面倒，因為裕隆隊國手很多，也是去年的冠軍隊；而台銀則是一路輸到底，台語說「輸到脫褲子」，真是沒有多少球迷想看。

■人人都有「破除魔咒、撂倒巨人」的機會

然而，**球場上的比賽，人人都是有機會的，沒有永遠的贏家與輸家**。在氣溫驟降到十度的低溫中，台銀隊的「哀兵」們，個個都豁出去了，莊曉文手感超好，居然全場飆進了八記三分球；而控衛吳永仁，也神乎其技地射進五個三分球、十次助攻，逼得裕隆隊屢屢叫暫停。

媽呀，超級強隊怎麼會打成這樣？裕隆教練李雲光在賽前還在黑板上寫著「積極認真、不要輕敵」；可是，**一場穩贏的比賽，卻因球員太過輕敵，防守鬆懈、不扎實，搞成「一路落後、苦苦追趕」的窘境**。

最後，裕隆隊雖全力反撲，但命運女神卻選擇站在「弱小台銀」這一邊，終場台銀大爆冷門，以七十九比七十六，撂倒「天敵」裕隆；而台銀全體球員都在球場上像發瘋似地「狂呼、吼叫」，興奮不已！

不冷、不冷，在十度低溫中打球，只要有信心、有士氣，大家目標一致、將士用命，即使溫度超冷、但手感超熱，「天敵魔咒」也有破功的時候啊！只是，我小女兒是裕隆隊的球迷，看見裕隆意外輸球了，哭得唏哩嘩啦的，一路上，小臉蛋淚眼汪汪地回家。

人生豈不也像是一場球賽？只要有信心、有勇氣、全力以赴，沒有永遠「吃敗仗」的！你我的人生，也有「破除魔咒、撂倒巨人」的機會，一定可以讓我們的生命來個「大逆轉」啊！

有一隻斑馬，深愛著可愛的小鹿，希望能經常和小鹿卿卿我我、長相廝守。可是，當斑馬向小鹿表達情意時，卻遭小鹿嚴詞拒絕了。

「為什麼呢？我這麼好，也這麼愛妳，妳為什麼要拒絕我的愛呢？」斑馬難過地大聲叫了起來。

此時，生性膽怯的小鹿害羞地說：「我媽媽說，現在社會很亂，不要亂交朋友；而且，那些『紋身的』，都是不良少年哦！」

哈，紋身的，都是不良少年。真的，人常有「刻板印象」，認為那些紋身、刺青的，都是不學好的年輕人，所以他們常會被歧視或另眼相待。

■傑出的表現，就是最好的「名牌」

其實，我們的生命不能一直給人「負面的刻板印象」。我們即使沒念名校、沒有很好的學業成績，也沒有很好的家世背景，也或許別人不看好我們、甚至瞧不起我們；**但，我們必須發憤圖強，以自己的努力和表現，讓生命來個「大逆轉」，也破除自己「一直平庸、沒有成就」的魔咒**。

就像戰績不佳、不被看好的台銀隊一樣，也可以一舉擊敗未嘗敗績的「裕隆

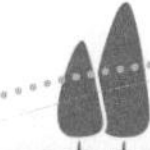

隊」，讓自己也能享受歡呼、狂喜、榮耀的一刻！

事實上，**我們的一生，都是在營造自己的「品牌」**，所以，**我們自己傑出的表現，就是最好的「名牌」**。

就像來台灣演唱的世界最知名男高音「帕華洛帝」，他說：「我的聲音，就是我的老闆；她像個女人，得細心地照顧，要不然她就會發脾氣。假如再年輕一點，我還準備到其他星球上去唱歌呢！」

的確，「我們的專業」就是自己的老闆，我們必須細心、且謹慎地呵護它、造就它、顯揚它，也憑著信心與志氣，讓自我的生命活出光采。

行動加油站

大陸北京曾經邀請世界三大男高音——帕華洛帝、多明哥和卡列拉斯，同台在紫禁城開唱。這世界三大男高音齊聚在一起，真是北京的一大盛事，也是全世界難得一見的音樂界大事。

當時，有一名沈姓男子，經友人介紹而認識一名王姓的女音樂老師，彼此印象不錯而穩定地交往。可是，有一天，沈先生約王小姐打保齡球，王小姐興奮、卻也遺憾地說：「唉呀，真是對不起啊，我後天晚上要去看『三高』的演出，不跟你去打保齡球啊……」

「『三高』？什麼是『三高』？我從來就沒聽說過？」沈先生搞不太清楚。

「唉呀，就是帕華洛帝那三大男高音啊……」王小姐耐心地解釋。

「什麼？……什麼是『怕瓦落地』？」沈先生越聽越糊塗了：「為什

麼要『怕瓦落地』？」

「噢……你真是沒水準耶！」學音樂的王小姐氣呼呼地說：「你沒知識，也要常看電視啊！你怎麼這麼孤陋寡聞、知識貧乏，真是太無知了！」

沈先生一聽，氣死了！他不甘被女友奚落、嘲笑，當場翻臉，立刻轉身就走，嘴巴還一直嘀咕著：「什麼『三高』嘛，真是太過分了，竟然為了一片瓦，來羞辱我……」

🏆

唉，就因為不認識男高音「帕華洛帝」，竟然造成「愛情落地」，真慘！

其實，我所知道的「三高」是——「血壓高、血糖高、血脂高」。

另外，女性追求男性的「三高」是——「身材高、學歷高、薪水

高」，不是嗎？哈！

事實上，我們必須積極地——「自創品牌、打響知名度！」

只有創造出自己響亮的品牌，才能被別人看見，才能成為「高人」——一個有傑出形象、被人肯定的高人。

衝刺吧，全力往前衝吧！有多少力量，就用到底！

只要有「馬達一啟動，就關不掉」的求勝信念與決心，就能自創傑出品牌，成為令人刮目相看、不被奚落的「高人」！

智慧小錦囊

- 堅持到底、永不放棄，總有一天必能攀向高峯；因為——
勝利總在堅持後呀！
- 「決定，是成功的起步；堅持，才是翻身的保證！」
- 偉大的事情，源自於偉大的目標；
每天起床，要迫不及待地想去完成目標。

壓力，是成長的開始；安逸，是人生的安眠藥！

我們這一生，處處都是機會，
也到處都有盛宴！
只是，在人生處處是盛宴之中，
你我都微笑、都飽足了嗎？

我的父親七十七歲了，身體不太好，經常要到醫院看醫生、拿藥，走路也顯得老態，十分緩慢。

我帶著妻小到父母親住處，一起吃飯。在車上，剛好有一個別人送的小手電筒，所以兒子女兒就在車上玩著「醫生看病」的遊戲；兒子拿著手電筒照著女兒的嘴巴，假裝醫生很認真地看病、開處方的模樣。

到了父母家，陪著他們一起到餐廳用餐，此時，小女兒也拿著手電筒，和爺爺玩起「醫生看病」的遊戲。女兒用手電筒對我父親說：「爺爺，你嘴巴張開，我來幫你看病！」

於是，父親就故意張開嘴巴，「啊——」女兒也用手電筒照著爺爺的嘴。接著，女兒用醫生的口吻問道：「爺爺，你有什麼病？」

我父親平常病很多，可是面對這個「冒牌的假醫生」，他一時之間，也不知道要說自己有什麼病，於是吞吞吐吐地說：「我……我今天沒有什麼病！」

這時女兒可急了，因為爺爺說他沒病，那她這個冒牌醫生就看病看不下去

了。所以，女兒著急地說：「不行、不行，爺爺，你一定要有病！」

哈，孫女說：「爺爺，你一定要有病！」只見我年邁的父親，笑得眼淚都掉了出來！

小孩子的童言童語，真是有趣。也曾有一名高中女孩，參加大學中文系的甄試，考試除了口試之外，也有小論文的撰寫。回家後，這女孩一直跟爸媽抱怨，小論文題目太難寫了。為什麼？因為題目是——「一個中文人的使命」。

「人家都還沒考上中文系，幹嘛叫我們寫『中文人的使命』？」這女孩嘴巴一直嘀咕著。

後來，一旁的弟弟說：「姊，還好啦，再怎麼難寫，也比植物系的好寫吧！」

哈，植物系的小論文，若叫作「植物人的使命」，大概有點麻煩！

不過，話說回來，念植物系也沒有什麼不好，念植物系、生物系、地質系、考古系……後來有所成就的人，也很多啊！我這個念冷門的口語傳播學的人，現在也活得很快樂、很開心啊！

其實，一個人要幸福、成功，就是要有自信，也要知道自己「懂什麼」、「不懂什麼」？每個人都有自己的「長才和優勢」，我們都要看清自己的優點和條件，也必須「藏拙」、「守拙」，才不會自曝其短。

■人不必太聰明，更不能逞聰明

以前，我在電視台當採訪記者，有機會採訪外國人，可是，我的英語不夠溜，採訪後，我卻將自己不流利的英語問話，就在電視上播出了。事後，採訪組長私下真誠地對我說：「晨志啊，你要懂得『藏拙』，你不要將你不流利的英語，也在電視上播出啊！」

的確，當時，我太愛出鋒頭了，不懂得「隱藏自己的缺點」，甚至公開暴露自己的缺點！

人生在世，不必太聰明，更不能逞聰明；人要了解自己的優點和缺點。也因此，懂得「藏拙」和「守拙」的人，才不會自曝其短，才不會被人看笑話啊！

其實，一個人「少說多做，才華就不會被埋沒！」

■風生水起，生命成就靠自己

曾經以《擁抱艷陽天》獲得奧斯卡金像獎最佳女主角的荷莉貝瑞，後來也曾以《貓女》一片，獲頒「金酸莓獎」。

「金酸莓獎」是在電影奧斯卡金像獎前夕，票選出年度最爛的電影獎項，所以「得獎」的人，經常不會出席、上台領獎。可是，荷莉貝瑞本人不但出席該典禮，而且在上台接過獎座之後，還以誇張、興奮的口吻說：「我的天啊！這真是令人難以相信，我竟然能得到這項大獎。我要感謝大家，如果沒有大家的努力，我怎能得到這個大獎……」

荷莉貝瑞的這些話，讓台下的笑聲、掌聲不斷！她甚至邀請經紀人上台，分享「得獎榮耀」，並開玩笑地說：「請你以後要更仔細一點，幫我挑選好劇本哦！」

在大家的笑聲中，荷莉貝瑞正經地說：「**我的母親告訴我，如果不能當一個好輸家，就不可能成為一名好贏家。**」

的確，一個演員不可能永遠都是第一名的贏家，總會有千萬人叫好的勝利高潮，也有垂頭喪氣的失敗低潮。然而，坦然面對自己的失敗是需要勇氣的。

人，勇敢面對失敗和挫折，才會有東山再起的契機啊！也因此，「風生水起，生命成就靠自己！」

我們要不斷鍛鍊自己，讓自己「先成為千里馬，才有被伯樂賞識的機會」。

■別讓自己從高峰掉進大峽谷

美國職棒大聯盟中的老虎隊，有一名指導教練名叫范史萊克（Andy Van Slyke），是前海盜隊的明星外野手，也是五屆金手套獎的得主；他曾說過一句

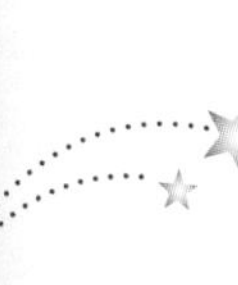

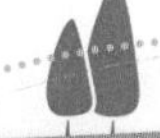

名言：「每個球員在球季中都有高峰和低谷，但要記住的是，千萬別掉進大峽谷！」的確，人生縱使有高潮和低潮，但絕對不能讓自己「掉進大峽谷」，而一蹶不振哦！

人的一生，都只能活一次，但就在這一生中，我們都要表現出最棒的。其實，我們這一生，處處都是機會，也到處都有盛宴；只是在處處都有盛宴中，有些人卻吃不飽、餓著肚子，貧困貧乏地過日子。可是你我呢？在人生的盛宴中，你我都吃飽了嗎？

聰明、有智慧的人，會在處處都是的人生盛宴中，獲得微笑、幸福的飽足！

行動加油站

在全球金融海嘯帶來的不景氣當中，有很多人被裁員，一時之間，人到中年，找不到合適的工作，待業在家。「職場」是現實、殘酷的，唯有自己有能力、有實力，才能生存得更好！

有人提出，職場人才是要走向「**T型**」，也就是年輕上班族必須從最低階層做起，慢慢往上升遷；而到了一定能力時，要往左右橫向發展，拓展自己的人脈寬度與廣度。

所以，在職場中，要多才多藝、要有創造力，要擁有更多人脈，才有晉升的機會！也因此，一個人的「創造力」與「軟實力」，越來越受到重視。

另外，日本趨勢專家大前研一也曾提出「**π型人**」的概念，也就是——一個人除了基本學歷、專長之外，必須開發自己的第二專長，來提升自己的附加價值。

一個人若只有單一專長，就是「I型人」。他，只會自己的一項專業，可是遇到經濟嚴重不景氣時，他很可能就會身陷被裁員的危機。

台積電董事長張忠謀，就是一個典型橫跨雙領域的「π型人」；他大學時代讀機械系，後來苦讀半導體的相關書籍，也拿了博士學位，而向半導體領域跨出第二隻腳。

單一隻腳的「I型人」，是不穩固的，強風來襲時，可能會被吹倒！雙腳著地、踏穩地面的「π型人」，基本條件夠，又開發自己的第二專長，就擁有更多的「附加價值」，才能屹立不搖啊！

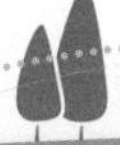

智慧小錦囊

☺「壓力，是成長的開始——有壓力，才有進步！」沒有壓力，一直住在「舒適圈」裡，人怎會有進步呢？

☺安逸，是一個人最佳的安眠藥——安逸，會使人懈怠不前！除去安逸，突破「舒適圈」，才能擴大自己的「舒適圈」。

☺任何事情都要「先接」、「先答應」再說；「不接」、「不答應」就沒有機會。

PART 2

別甘於平凡，要有些衝動

人生要有「衝動」，去做讓自己進步的事！

「衝動，就是勇氣；
勇氣，就是力量！」
正向的「衝動與勇氣」，
會改變自己一生的命運，
令人眼睛為之一亮！

我女兒和我一樣，眼睛單眼皮，人家說她是「鳳眼」，可是她很羨慕哥哥有又大又亮的「雙眼皮」，好帥喔！

小學三年級的暑假，我們全家到美國加州玩，在遊迪士尼樂園時，人潮很多，許多遊樂設施人潮擠得水洩不通。在人擠人時，只聽見我女兒大聲地對美國人說：「借過、借過！」

哈，「借過？」我對女兒說：「妳對美國人說借過，他們怎麼聽得懂？」女兒回答說：「不然怎麼辦？我又不知道『借過』的英文要怎麼講？」

當然，小朋友的英文不夠好，沒啥關係，不過，以後長大了，如果中文也不好，那我這個做父親的，就罪過了。

聽說，有個父親帶了一張「感謝狀」回家，上面寫著：「承蒙先生熱心公益、贊助社區……」後來，念國中一年級的兒子走了過來，看了一眼，對著父親問道：「爸，『承蒙』是誰啊？」

也有位國文老師說，他的學生在作文中寫了一段：「我一定要奶奶用功讀書、奮發向上，才對得起爺爺在天之靈。」咦，這句話念起來滿流暢、通順的，文法上也沒有什麼不對，可是，就是有點那麼奇怪！因為，爺爺過世了，奶奶年紀也一定很大了，為什麼還「一定要奶奶用功讀書，奮發向上……」

這國文老師真的想不通，於是，就把學生找來問一問；這學生摸著腦勺，不好意思地說：「噢，老師，對不起，是我寫錯了！我是說，『我一定要好好用功讀書』，而不是『我一定要奶奶用功讀書』……」

天哪，「好好」變成「奶奶」，這……真的太有意思了！

有些國中生用自己的語言在聊天室裡聊天：「噢，好無聊，明天又要開什麼班親會了！」「對呀，每次開班親會，就像開歐氏宗親會一樣，無聊透了！」

咦？為什麼開班親會就像開「歐氏宗親會」一樣？難道這個班級的學生都姓「歐」？有一位導師看了這些話，真是一頭霧水，搞不清楚「班親會」和「歐氏宗親會」有何相關？直到高人指點之後，才搞清楚，原來——「開班會很無聊、無趣，總是來了一些『歐吉桑』和『歐巴桑』。」

聰明的孩子，可愛又機伶，總是有許多創意、巧思，讓我這個即將步入中年的「準歐吉桑」，哭笑不得！不過，也因為有這些有趣的故事泉源，才讓我們原本枯燥的生活，變得多采多姿、風趣快樂。

■清晨早起，迎接一天快樂的時光

平常，我都是在早晨寫稿，所以在早晨，我比較有志氣，晚上不太寫稿，比較沒志氣；不過，我喜歡早起，有時起床時，天濛濛亮，開著車出門運動，還可以看見天上有一兩顆發亮的「晨星」——好開心、好舒服、好幸福的感覺——又可以開始迎接一天快樂的時光和工作了。

在出版社安排為我拍照時，我不善於擺姿勢，動作有些僵硬、呆板，於是，就有人提議：「大家講講笑話吧！」

馬上，攝影師的女助理說：「大家猜，水餃是男的，還是女的？」一時之間，大家也不知道該怎麼回答？誰知道水餃會是男的、是女的？

這時，女助理說：「水餃，是女的！為什麼，因為它穿一褶一褶的裙子！」嗯，聽起來滿有道理的！可是，女助理又說道：「不過，也有人說水餃是男的，為什麼，因為……它有包皮！」哈，全場人都笑了，我也笑了！照片也拍好了。

■「大破、大立」，打造亮麗生命

其實，人生有笑、有淚；有痛苦，也有歡喜。

前不久，「劉俠之友會」邀請我在台北市靈糧堂舉辦一場——「逆境中的勇氣」講會。當天，有人從桃園、苗栗，甚至台中、台南趕來聽我演講，令我十分感動。當天的司琴，是一位視障的盲胞朋友；而台下，竟有一位老師，不停地比著手語，向身邊四、五位音障、聽不見的朋友，用手語來翻譯我演講的內容。

我的演講，微不足道，但，我喜歡「說故事」，用故事、用畫面來跟大家一起分享。我告訴大家，我不是攝影師，但我曾花了很多時間去拍「人面蜘蛛」。要找人面蜘蛛不容易，而要把「人面蜘蛛」拍得美，更不容易！只因為，蜘蛛不管風吹雨打，或蜘蛛網如何被摧毀，牠都要振作精神，無怨無悔地重新吐絲，耐心地再搭起牠美麗、捕蟲的網。

同時，在風雨過後，蜘蛛網破碎了，蜘蛛有沒有人可以抱怨啊？沒有！牠，不能抱怨，只能更辛勤努力地把蜘蛛網織得更大、更堅固、更立體，才能捕捉到更多的小蟲來吃。所以，要「少抱怨，多實幹」啊！

另外，我也告訴大家，為了一個加油站「七星級廁所」的照片，我四處不斷地打聽、問路，也開了五、六個小時的車，才在南投埔里郊外找到一個令我驚訝、驚豔，而且「超屌、超漂亮」的加油站廁所。

你、我的人生，就是要「大破」，才能「大立」！

把「舊我」打破，才能創造、建立起全新漂亮的「新我」。

別人的加油站廁所普普通通，或又髒、又舊、又臭；但，有些人的加油站廁所，卻是如此的漂亮、嶄新、亮麗，而且讓人流連忘返、不忍離去。

誤判，也是比賽的一部分

您知道嗎，「玫瑰越壓，刺越多！」

人生，總是有悲痛、有淚水、有委屈、有恥笑、有嘲諷……就像在一場球賽中，有贏、有輸、有跌倒、有掛彩，也有令人忿忿不平的「誤判」！

可是，一位美國職棒大聯盟的球評說：「**誤判，也是比賽的一部分。**」

真的，裁判不是神，也有誤判的時候；所以，誤判，也是比賽的一部分。

人生也是一樣，「淚水、委屈、恥笑、嘲諷；被鄙視、被瞧不起……都是人生的一部分。」但是，在淚水、委屈過後，我們都要勇敢創造屬於自己快樂、歡笑、幸福的人生啊！

行動加油站

以前，當我看了加油站或飯店裡的廁所很漂亮時，就有一股衝動，想把自己家裡的廁所也改建得很漂亮。於是，我「說到做到、劍及履及」，我不想做一個「光說不練的人」。因為，「大破」才能「大立」！

於是，我心中計畫、盤算著——「我要找室內設計師來我家看看，把我家三個廁所打掉、翻新。」果真，設計師在我的要求下，設計出我想要的衛浴形式。我保留兩個衛浴間，裝潢得很不錯，另外一個衛浴間，改成孩子的「圖書、玩具展示室」，給孩子一個自主、亮麗的空間。

其實，**「人生就應該有些衝動，去做一些不同的事！」**

但，這衝動，是指好事，不是壞事。

年輕時的我，衝動地參加各種比賽、衝動地去找人教我播音、衝動地去考了八次托福、衝動地去報考電視台想當記者……也衝動地放棄華視記者高薪，去念博士班；後來又衝動地辭去世新大學口語傳播系主任，成為專職的寫作人……

人生，不能甘於平凡；人生，就該有衝動！

這衝動，是讓自己進步，也讓自己往前衝刺！

你，不能衝動地去抽菸、喝酒、飆車、吸毒……就像藝人大炳一樣，衝動地兩度吸毒，被警方逮捕，而斷送自己大好的演藝生涯。

真的，「要當心拉你上酒店的人！」「要遠離叫你吸毒的人！」就算對方是你認為的好朋友，你都要不顧情面地，和他一刀兩斷。

因為，你的衝動，是要讓自己的生命——「發光發熱、有聲有色」，而不是讓自己的生命「黯淡無光、顏面盡失」呀！

智慧小錦囊

☺唯有積極、樂觀的人，免疫力才會增強，生命力才會旺盛，也才能越挫越勇、屢敗屢戰，贏得最後勝利！

☺「衝動，就是勇氣；勇氣，就是力量。」正向的衝動與勇氣，會改變自己的命運；就像淬鍊後的鑽石，讓人眼睛為之一亮。

☺成功與否的關鍵，在於你敢不敢「放手一搏」？勇敢放手一搏，你就更接近成功了！

身在絕望處，要設法創造希望！

一個人的鬥志，
來自扎實的基本功。
只要有鬥志，不怕沒戰場；
只要有勇氣，就會有榮耀。

到高雄社教館演講，是一次獨特的經驗。該館位於小港機場郊區，並非市區內，所以平常所辦的演講活動，聽眾都是稀稀落落、寥寥可數。

承辦人鄭小姐來電告訴我，社教館來了新館長，希望邀請我去演講，但館長說，目標要設定「聽眾一千人」。天哪，這怎麼可能？到哪裡去找一千人來聽演講？可是，這是館長的命令，要盡力去達成！於是，鄭小姐開始傷腦筋，也與館內秘書多次和我商談「達成目標」的可能性及方法。

其實，人不能小看自己，只要下定目標、堅持到底，都有無限的可能。也因此，館內工作人員做了許多文宣，也印製了上萬份的演講邀請卡，送給附近的中小學生們，讓他們回家時，邀請爸媽一起來聽演講。

而我呢，我喜歡電視廣告詞中的一句話：「使命必達！」為了達成任務，送快遞的人必須準時送達，而我，也要盡全力去配合。另外一句賣電池的電視廣告詞，是充飽電力的小電池人在競跑時「渾身是勁」！話加起來就是──「**渾身是勁，使命必達！**」

為了讓這場演講能達成「一千人」的目標，我自掏腰包，搭飛機到高雄，勘查可容納一千一百人的演講場地，也到電台接受主持人訪問。承辦人對我說：「戴老師，我太感動了！從來沒有一個講師願意自己花機票、住宿錢，事前跑一趟高雄來做宣傳！」然而，這就是我——要「渾身是勁，使命必達！」只要能同心合一，共同達成既定目標，我自己花點錢又有什麼關係呢？

在電台接受訪問時，主持人在我們談話中，突然冒出了一句話說：「戴老師，聽了你的故事，我覺得你這個人，很看好自己……」

主持人的話還沒說完，我的耳朵神經已經把這四個字傳輸到我的大腦——「看好自己！」哇，太棒了，這四個字真是太好了，太令我印象深刻了！

■不斷地「自我增值」、塑造「自我品牌」

我們每個人的一生，豈能「看壞自己」或「看衰自己」？我們都要盡一切的可能「看好自己」啊！雖然，每個人都有挫折，但是，看好自己、有企圖心、全

力以赴，才能讓自己不斷地「自我增值」，來達成「自我品牌」的形象。所以，「你，就是品牌！」每個人，都是自我的品牌；只要有實力、肯努力，就不怕被埋沒啊！

高雄社教館的演講日終於到來，我開車南下，也約了一些老朋友見面小敘。後來，為了提前布置會場用的電腦、投影機，我先行離開，前往社教館；朋友說七點的演講，他們會提前在六點半到會場找位子，來聽演講，也幫我「充場面」，免得到時候聽眾太少，我會很沒面子。

然而，六點開始，聽眾魚貫地入場，六點半不到，竟已將樓上樓下的所有座位幾乎全坐滿；我的朋友們「提前」在六點半到達，居然找不到座位，這太誇張了吧！只好坐在階梯上。七點整，館長笑容滿面地上台致詞，他很高興地宣布，今天聽眾超過一千兩百人，創下社教館辦演講活動以來，聽眾最多、最熱絡的紀錄……

▲日本合掌屋是著名的歷史古蹟，屋外阡陌縱橫，每株秧苗都排列整齊，顯示日本人做事一絲不苟、認真堅持的態度。（戴晨志 攝）

■勇敢突圍前進，載譽歸來

有個小張，參加潛水訓練班；結訓時，教練要求他們進行潛水訓練。小張問教練：「怎麼樣才能通過考試？」

教練說：「只要活著回來，就可以了！」

人，就是要「看好自己」，在人生的道路上，勇敢地自我訓練、突圍前進，直到有一天光榮地載譽歸來！

許多人曾問我：「戴老師，你為什麼有毅力考八次托福才出國念書？」我想，大概就是「看好自己」吧！我不願自己只有三專的學歷，我還要更努力，來創造自我命運。

也有人問：「戴老師，你為什麼要放棄華視記者的高薪工作，去念博士？」「戴老師，你為什麼要放棄大學系主任，而成為自由作家……」我相信，答案也只有一個，就是——「看好自己！」

■命運不是天生的，是不會遺傳的

想想看，若股票慘跌，公司股票下市，那是多麼悲慘的景況？一個人的信心若慘跌下市，也真是十分可悲呀！

一個人在一生中，「實力」和「能力」當然是成功的重要因素，但，有一顆「看好自己的信心」，更是成功的關鍵。

我深信，命運不是天生的，也是不會遺傳的，我要不斷地精進、往前，我不能原地踏步，更不能讓「信心下市」！

有時，為了「大理想」，我們必須放棄眼前的小利，而沉潛地為自己扎根、為自己厚植實力，也為自己「提昇夢想的高度」。這，就是「看好自己、邁向高峰」，直到勝利成功的掌聲響起，也讓萬人為你喝采、叫好！

行動加油站

「五一二」是大陸四川大地震一週年的日子，北京的出版社為了讓地震災區的孩子有更好的精神食糧，送了五千本我的書籍《發現最好的自己》（大陸版訂名），給災區的學生們；同時，也安排我在「五一二」前一個月，到災區裡的一所小學、兩所中學和一所大學演講。

當我在都江堰中學，面對五百多名學生演講時，我問大家，平常有寫日記的請舉手？結果，有十多名同學舉手。我再問：「有用英文寫日記的請舉手？」我想，這問題可能是白問了，這裡的學生，哪有人會用英文寫日記？

可是，出乎我意料之外的，竟然有兩名女學生舉了手。我問其中一女生：「妳什麼時候開始寫的？」她害羞地回答：「初中開始寫的。」

我又問了另一女生：「妳什麼時候開始寫的？」她站起來回答：「我

國小五年級就開始寫了。」

天哪，我傻眼了！國小五年級？我在那個年紀，都還不懂ABC呢！太令我感到驚訝了！

一個人的鬥志，來自扎實的基本功。基本功扎實，就會「信心十足」。一個人若基礎沒打好，怎麼會有自信心呢？

在人生的旅途中，**「只要有鬥志，不怕沒戰場；只要有勇氣，就會有榮耀！」**

在這金融大海嘯的時候，很多人都是苦哈哈的；而且，很多小攤販都應運而生。前不久，我到台中烏日的一所小學，對老師、家長演講；這所學校的家長會長工廠業績逆勢上揚，生意多到接不完！為什麼？因為不景氣，攤販增多，他就是在做「小攤販推車」的生意。他專門打造「小攤販推車」，生意忙到應接不暇，業績也比以前大翻了一倍。

一個人，若身在絕望處，就要設法創造希望！

因為，「有鬥志，就會有戰場；有勇氣，就有希望，就會有榮耀呀！」

智慧小錦囊

☺ 別讓挫敗把你擺平，要不斷地為自己創造機會，重新再出發！

☺ 再大的難過，我絕對不超過三分鐘。與其難過，不如馬上動手改變；只有不斷改變，才能真正改變命運。

——陳勝福（明華園總團長）

☺ 只要看好自己，你，每天都會有傳奇！

人就是必須——敢想、敢要、敢嚐試！

請記得，人生處處是驚喜！
生命光榮的印記，
是要從「P」做起，
也就是要耐心、無怨、埋頭地做起！

前一陣子，我的辦公室來了一位新朋友小趙，他是在柬埔寨出生的華人。以前，柬埔寨（高棉）發生內戰，五百萬人口被屠殺掉兩百萬人，成為「殺戮戰場」，所以，他在十一歲時就和父母、姐妹一起逃到越南。

在那戰亂的時代，沒有書可讀、沒地方可住，但為了生活，他四處做生意；小小年紀的他，甚至賣起「走私菸」。小趙對我說：「要做，就要做最大的小販！我是做大盤的，把菸整批賣給小販，警察來了，就躲、就跑！那時，我才十三、四歲。」

原本不會說「越南話」的小趙，在環境的逼迫下，也學會了越南話。十六歲時，他又被徵召到鄉下去蓋房子、挖運河、種田；然而，四處埋藏著恐怖地雷，一不小心，可能就會被地雷炸死。

後來，為了有更好的日子過，小趙和姐、妹一起逃離越南、投奔自由！

「你爸媽沒一起逃？」我問。

「沒有，我們不能全家一起逃亡，太危險了，不能把雞蛋全放在同一個籃子裡！」

小趙說，他們約三十個人，雇了一艘船，在黑夜中，悄悄地上船；天亮時，再上岸，躲在鄉下。晚上，又摸黑上船，在海邊航行，盼能慢慢地開到公海。可是，還沒到達公海，就被越南海軍用機關槍瘋狂掃射；妹妹身旁的一小孩，頭顱被射穿，死了，駕駛員也被打死了！船，停了下來，他們活著的，就被抓回去關在監牢裡。

小趙悠悠地說：**「我們住在鐵皮屋牢裡，在三、四十度的天氣中，被烤得熱死了！而且，那鐵皮屋的高度，只比一般人的身高高一點，空間很窄；有些人被關在裡面三年，臉都『變綠』了，因為，整天都看不到太陽，只有一小扇窗！」**

後來，小趙因為未滿十八歲，被釋放了。然而，他和家人逃亡的決心，依然不變！再努力、再工作、再賺錢，他和姐妹再度一人花了「十二兩黃金」，坐上貨輪，偷渡到香港附近的小島。可是，香港政府不准他們上岸，只得在海邊拋錨、等待。

半年過後，颱風來了，怎麼辦？不能在滔天巨浪中載浮等死呀！船長心一橫，將錨弄斷，讓船被大浪沖上岸邊！所有逃亡的男男女女，在驚濤駭浪之中，從斜倒岸邊的船艙裡跑了出來，衝向岸上；即使是狂風暴雨，也要跑、也要逃、拚命地逃！衣服，溼透了；眼睛，模糊了。每個人的臉上，是淚水、也是雨水；是驚恐、也是喜悅！畢竟，已逃到自由的土地了呀！

而且，哪有什麼家當？哪管什麼行李？能逃命，能在狂風暴雨中，不被大浪吞噬、不枉死在海上，就已經夠慶幸了！因為，能活下來，將來就會有一絲希望，能和留在越南的苦命父母再相見呀！

■學英文，要從「P」開始學起

在香港的難民營裡，小趙和姐、妹待了一個月，即以難民的身分，申請到加拿大。在加拿大，小趙不會說英語，一長輩告訴他，學英語，不是從「ABC」

開始學起，而是要從「P」開始學起。

為什麼呢？「因為，加拿大人喜歡吃『披薩』呀！」長輩對他開玩笑地說：「不，P不是『Pizza』，而是『Patient』，是要有耐心！」

是的，學英文是要從「P」、從「耐心」學起！於是，小趙到餐廳裡洗碗、當侍者，也到農場耕作、種菸葉來賺錢。

而在半夜，他仍不能睡覺，還去找「抓蚯蚓」的工作。為什麼呢？「抓蚯蚓」不是拿去當「釣餌」，而是拿去做「女性化妝品」的原料。因為，蚯蚓很滑，化妝品中需要蚯蚓的滑溜液。於是，在半夜裡，小趙雙手拎著桶子，低頭、半彎腰地在泥濘的溼地之中，不停地抓蚯蚓，一晚抓個三、四桶，就可賺上五、六百元的加幣。可是，腰彎了一整晚，隔天，就痠痛得站不起來了！

然而，為了生存、為了未來，小趙忍著痛、也忍住淚！他送貨、賣家具、賣電腦，也念了技術專校。辛勤努力的結果，讓他一年擁有六、七十萬加幣的收入。

後來，他進入了美商大都會人壽，當起壽險業務員，憑著打拚的精神，竟然連續三、四年，業績都打破該公司在全加拿大的紀錄，也成為有名的「業績王」。

■每個決定，都要有「犧牲」，更要有「膽量」

如今，小趙被「宏利人壽」挖角，已來到台灣五年，也擔任該公司的「執行副總經理」！他，趙哲明，在我辦公室客氣地說，他剛到台灣時，都是看我的書來學中文的！

「戴老師，每個決定都要有『犧牲』，更要有『膽量』！」趙副總笑著對我說：「人就是必須『敢想、敢要、敢去嘗試』！我在加拿大年薪有一千兩百萬元台幣，現在到了亞洲，轉行政內勤，錢雖然少了，但是我『take one step backward, take two steps forward!』——先退一步，再向前進兩步！我願意接受不同的挑戰，因為，我要與眾不同，我不能只過『平凡的人生』呀！」

▲爸媽背帶著孩子，一步一步從山下往上爬，即使一身汗水，可以休息，但絕不放棄爬上古堡山頂的堅持。（戴晨志 攝於歐洲）

趙副總又說：「就像戴老師您書上所寫的——**『只要有鬥志，不怕沒戰場；只要有勇氣，就會有榮耀！』我一定要讓我的生命更美好，也生活得更有品質！」**

看著來自柬埔寨的趙哲明，想著他的顛沛流離，以及奮發圖強的精神，心中真是感動與佩服。當他挺著胸、英挺帥氣地離開我辦公室時，我的心，卻似乎看見他雙手拎著水桶，在黑夜裡，低著頭、彎著腰，辛苦抓蚯蚓的身影！

真的，生命「光榮的印記」，也是要從「P」，耐心、無怨、埋頭地做起呀！

經過多年的坎坷歲月後，趙哲明早已將在越南的父母接至加拿大，姊妹也都在加拿大落腳，全家愉悅、平安地享受著「愛與溫馨」的生活。想想，老天真是眷顧這位勇敢「與命運搏鬥的人」呀！

時報出版
CHINA TIMES PUBLISHING COMPANY
尊重智慧與創意的文化事業

地址：台北市10803和平西路三段240號5F
電話：(0800) 231-705（讀者免費服務專線）
(02) 2304-7103（讀者服務中心）
郵撥：19344724 時報文化出版公司
網址：www.readingtimes.com.tw

*讓 **戴晨志** 老師喜怒哀樂的作品，陪伴您一起歡笑、成長。*

寄回本卡,您將可獲得戴老師的最新出版訊息。

◎編號：**CL0033**　書名：**機會，就在行動裡！**

姓名：

生日：　　年　　月　　日　　性別：□男　□女

學歷：□1.小學　□2.國中　□3.高中　□4.大專　□5.研究所（含以上）

職業：□1.學生　□2.公務（含軍警）　□3.家管　□4.服務　□5.金融

□6.製造　□7.資訊　□8.大眾傳播　□9.自由業　□10.退休

□11.其他 ______________

地址：□□□ ______________________________

____

E-Mail：______________________________

電話：(0)__________(H)__________(手機)__________

您是在何處購得本書：

□1.書店　□2.郵購　□3.網路　□4.書展　□5.贈閱　□6.其他

您是從何處得知本書的訊息：

□1.書店　□2.報紙廣告　□3.報紙專欄　□4.網路資訊　□5.雜誌廣告

□6.電視節目　□7.資訊　□8.DM廣告傳單　□9.親友介紹

□10.書評　□11.其他

請寫下閱讀本書的心得、建議或想對戴老師說的話：

____

____

____

____

____

____

____

____

行動加油站

在教育電台，接受主持人常玉慧小姐訪問時，我談到拙作《一生難忘的感動》的內容——一名在公家單位當女工友的媽媽，為在念大學的女兒預借一筆「子女教育補助費」；可是，開學後不久，這媽媽紅著眼、低著頭，把這筆預借款拿回來，全數還給會計小姐。

會計小姐一臉不悅地說：「妳幹嘛呀，妳這不是在整人、在找我麻煩嗎？妳預借了這筆錢，幹嘛又繳了回來，搞什麼嘛！」

只見女工友紅著眼，不敢抬頭地說：「對……對不起啦！我……我也不知道，我那個女兒這學期……怎麼突然被學校退學了……」

電台節目播出後，一名媽媽在常小姐的部落格上留言——「聽了戴老師的訪談，我不勝唏噓，因為，我的兒子前幾天跟我說，他要留兩個學分

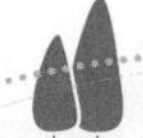

延畢，他已經二十七歲了，還在念大學……」

這媽媽心情一定很難過，人家的孩子，二十七歲早就念完碩士，或已服完兵役，在工作了，而自己的孩子，卻還想窩在校園、想延畢，不想畢業……

每個人都要勇敢地活出自己的生命！

「No這個英文字，倒過來寫，就是On」。當我們畏縮時，常對自己的生命說No！可是，那是懦弱、那是退怯、那是投降！**我們都要勇敢地把自己的生命改成On，也就是Turn on，打開自己生命的頻道、提昇自己生命的能量，讓自己勇往直前、向前邁進！**

◎

所以，人要為自己負責，要自律，活出精采！

老闆若要求「A」，自己就要做到「A+」。「A+」，就是自我的要求。只有用高標準來自我要求，人生才會有肯定、有成就，有喝采、有歡喜！

真的，只要勇敢地一直往前走，不斷突破困境，那麼——

「人生處處是驚喜！」

「行情總是在絕望中誕生，也在樂觀中結束！」

智慧小錦囊

- ☺處順境時，必須謹慎；處逆境時，必須忍耐！
- ☺輸的時候，失意，但不能失志，勇敢堅定信念，才能「逆轉勝」！
- ☺「知道，才能悟到」；但是，要「做到，才能得到」！

挫折使人謙卑，流淚讓人看見！

打工吸引打工，
成功吸引成功，
一個人，只會「用力」沒有用，
要「用心」，才能突破困境。

早年，曾經擔任經國先生英文秘書的前監察院長錢復，在《李光耀回憶錄》一書的發表會上，透露了一段晚年的蔣經國和李光耀交往、不為人知的小故事。

錢復說，一九八二年，李光耀先生預定二月中旬來台灣；而在一月下旬的農曆除夕，他在家中突然接到經國先生官邸的電話，要他立刻前往官邸。當他趕到官邸後，經國先生問他：「你能不能在過完年後，到新加坡一趟，當面告訴李光耀先生說——他每次到台灣來，我都會親自到機場迎接他，可是這次，我二月二日要到榮總接受視網膜剝落手術，所以不能親自到機場迎接他，請你代我向他致歉！」

過完年，錢復飛抵新加坡，也當面晉見了李光耀。錢復說，李光耀聽完他的轉述，知道他是專程到新加坡轉達經國先生的歉意後，眼角泛著淚光說：「I was overwhelmed.（我完全不知所措）」當時，李光耀被經國先生的「真誠友誼」深深感動，感動得「不知如何是好」。

等到李光耀先生二月中旬抵達台灣，錢復陪著他到榮總探望經國先生，兩人在病房中，深談了兩個小時。

幾年前，台灣「棒球紳士」方水泉教練躺在病床上，手緊握著棒球離開了人間。在台北靈糧堂舉行的「安息禮拜」中，棒球名將郭源治、林華韋等五百名華興弟子，甚至昔日國際棒球場上的對手——日本調布隊的部分球員，都在悲傷的追思中，難過地淚送方水泉教練，走完人生的最後一程。

方水泉的棒球路，就是一部台灣棒球的光輝史，他曾帶領中華青少棒、青棒，走向國際棒壇、稱霸世界。後來，他因肝癌倒臥病榻，可是他念茲在茲的仍是棒球！而旅日棒球明星郭源治在安息禮拜中致詞時，泣不成聲地以「爸爸」的稱呼，來懷念方教練。郭源治說，他小時候既調皮又懶惰，經常不安分、不專心練球，也常故意躲起來，讓方教練找不到他。

一天下午，郭源治為了貪看一個電視節目，竟然不聽話、不去練球；等到方水泉找到他之後，十分生氣，因「恨鐵不成鋼」啊！不過，方教練並沒有打他，也沒有罵他，只淡淡地說了一句話：「去跑操場五十圈，自己好好想一想！」

■我就是被罰跑五十圈後，才激發自己的鬥志

當時，郭源治知道自己錯了，沒有反抗、也沒有回嘴，只有低著頭，聽從方爸爸「嚴厲卻仁慈的命令」，一人獨自地在操場上跑、跑、一直跑、不斷地跑……儘管雙腳跑得很痠、很痛、很累，其他同伴也在一旁訕笑，郭源治卻咬緊著牙，硬是跑了「五十圈」。他心裡想，一個貧窮鄉下來的孩子，能得到「方爸爸」真心的呵護、照顧，已是一大福分啊！況且，是自己不聽話，能夠怪誰？如果自己再不努力，將來怎能出人頭地？

專程從日本返國奔喪的郭源治，站在追思禮拜的講台上，眼眶泛紅地擦著淚水說道：「我就是被爸爸罰跑五十圈後，才激發自己的鬥志，開始專心練球。也因為這樣，我們窮苦出身的小孩，才有機會到日本打職業棒球……」

國內有一位極知名的企業家，十多年前剛回國時，曾擔任一財團法人的董事長；在這機構裡，人才濟濟，大部分都是傑出的優秀博士、碩士。

而身為董事長，他的要求十分嚴格，絕不馬虎，所以各部門的主管在向董事長做簡報的前一週，就常緊張得睡不好覺；因為，簡報一出了差錯，董事長就會臉色很難看，也讓做簡報的人下不了台。

有一次，某部門主管在做簡報時，投影機突然故障了，這時，董事長面無表情地責問這主管：「你難道沒料到它會臨時故障？你怎麼沒有備用的投影機呢？……簡報不用做了，你回去吧！」

說真的，這董事長實在「太冷酷、太無情」了，許多人都受不了這種「毫無人性」的管理方式，就紛紛離開這機構。

離開幾年後，有的人飛黃騰達，事業一帆風順；有的人卻就此落魄不振、消沉不起。為什麼呢？**問問飛黃騰達的人，他一提起這董事長，就充滿「無限感**

激」，因為，由於董事長不留情面的嚴厲指責，使他改進自己因循苟且的陋習，也從此奮力再起！但是，落魄消沉的人，一提起這董事長，就一肚子氣、恨得牙癢癢的，認為自己會淪落至此，都是「被這沒人性的董事長害慘」的！

■只有順從，沒有驕傲；只有感恩，沒有怨恨

我喜歡看報、看雜誌、看書刊，因為我發現，在我們周遭發生的許多事，都充滿著「迷人的智慧」，也讓我學習到「無限的啟示」。就像經國先生與李光耀的故事，說明了人與人之間「發自內心的真誠對待」，才會使人刻骨銘心、永難忘懷！畢竟，朋友之間的交往，不一定要靠經常聚餐邀宴，或大打高爾夫球，而是必須「發乎至情」地相待；同時，「要想有朋友，必須自己先夠朋友」呀！

而「郭源治與方水泉」，以及「沒人性的董事長」之故事，也都在在告訴我——**人生中有許多無情的挫折與打擊，但，「挫折使人謙卑、流淚讓人看見！」一個低頭謙卑、聽從教練爸爸「叫他跑五十圈」的人，心中只有順服、沒**

有驕傲；只有感恩、沒有怨恨——他，是個有智慧的人！

就像面對一個「冷酷、無情、嚴厲」的董事長，被逼得離職了，但在流淚中，有人看見「自己的不是、不夠用心」，因而打起精神、再接再厲、發憤圖強；相反地，有人卻看不見「自我的盲點」，而自暴自棄、怨天尤人，終至落魄不振！

我很喜歡高希均教授說過的一句話：

「人生的終點，不是死亡，而是與知識絕緣的那一刻；

人生的起點，不是誕生，而是與知識結緣的那一刻。」

真的，「學習，能讓我們再年輕一次！」

▲孩子盡情的玩耍，讓每天都能是快樂的美好記憶！（戴晨志 攝）

行動加油站

許多大學生在選修課程時，都會向學長姐打聽：「××老師會不會『點名』？」「××老師會不會『當人』？」所以，有個老師在第一次的課堂上，對著學生說：**「我不會當你們，只有你們會當自己！」**

的確，學生之所以會被「當掉」，都是「自己當自己」，因為，自己不夠認真、不夠用功，愛蹺課、不按時繳作業……

在美國念書時，我知道自己的英文程度不夠好，所以我都儘可能準時上課、不蹺課；下課時，也多向老師請教，主動展現認真學習的態度，期待給老師留下好的印象。同時，也要提早繳作業、報告，逼得自己不偷懶、不遲交……

所以，「被當掉」時，千萬不能怪老師，只能怪自己「做得不夠好」！

也因此，本文中提到，有些人被老闆嚴厲斥責而離職了，從此落魄不振；有些人改過因循苟且的陋習，振奮自己、無限感激……人生「要上、要下」，都是看自己的「心念」。但是，一個人不管是在校園，或是職場，都必須懂得——

一、要適時表現自己：把最好的自己、最好的才華，在老師、老闆面前表現出來，行銷自己。

二、要勤於攬事：老闆、老師交代的事，去做就是了；而且，再問道：「老師，有沒有什麼事我可以幫忙的？」面帶微笑、主動攬事，或欣然接受，吃苦當吃補，都會成為老師最欣賞的學生、老闆最喜歡的員工。

三、要主動請教：老師、主管沒有不喜歡別人請教的。「請教」，表示自己的謙虛態度，也看重對方。所以，學生要多找問題，請教老師；員工要多找問題，向老闆請益。

只要主動做到上述「三要」，哪裡會被老師、老闆「當掉」啊？

智慧小錦囊

☺「用力」沒有用，只有「用心」，才可以突破困境。

☺「打工吸引打工，成功吸引成功。」要多跟成功者看齊，多學習他們的積極態度和精神。

☺你要盡一切可能，遠離打擊我們信心與摧毀我們夢想的人。

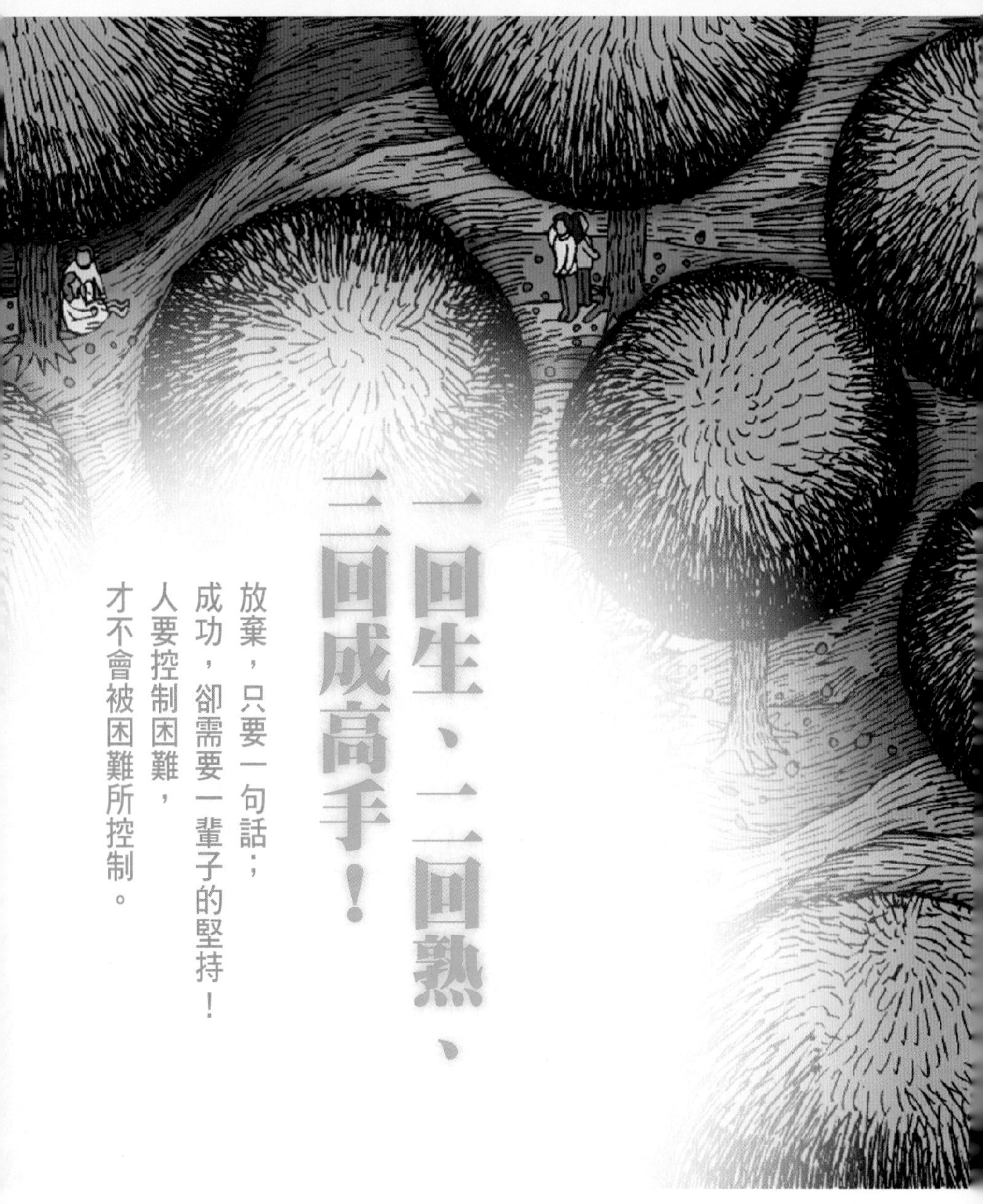

一回生、二回熟、三回成高手！

放棄，只要一句話；
成功，卻需要一輩子的堅持！
人要控制困難，
才不會被困難所控制。

在二〇〇六年杜林冬季奧運會上，大陸花式滑冰選手張丹與張昊，被安排在最後一個出場，他們在「龍的傳人」的優美旋律伴奏下，以最高難度的動作，向奧林匹克滑冰金牌挑戰。

正當所有觀眾全神貫注地盯著他們表演最不可思議的「四周拋跳」時，張昊將張丹拋出的高度偏低，以致使張丹在空中只旋轉三周半，就狠狠地摔落在冰冷的地上，也撞到側邊的圍欄；此時，張丹露出非常痛苦的表情，而全場觀眾的心，一時也都被揪了起來。怎麼辦呢？大部分觀眾都認為：「完了，這下子大陸隊玩完了！」

隨後，張昊輕輕扶起雙腿無法活動的張丹，單腳蹬冰、單腳滑行，護送張丹出場；而醫護人員也都在一旁，等著做救護準備。

痛過、哭過，也頭昏眼花。然而，四分鐘後，正當所有觀眾以為大陸隊即將放棄比賽時，張丹擦去眼淚，在規定倒數計時結束前，重回滑冰場中央，全場觀眾也報以最熱烈的掌聲。

隨後，張丹與張昊順利地完成「捻轉三周」、「後外三周」等高難度的拋跳，最後，裁判給了他們一八九・七三分的高分，也贏得一枚寶貴的「銀牌」；而這個成績，也是大陸隊在奧運花式滑冰歷史中，最好、最棒的成績。

比賽結束後，張丹說，這場比賽讓她學會最有價值的一課，也就是——「**冰很冷，但心要硬！**」

當張丹被摔得四腳朝天、被送出場外時，她承受著肢體巨大的疼痛；可是，她的心，很堅定、也很堅硬，她知道，她不能放棄比賽，而是要繼續完成比賽。張丹說：「**雖然第一個動作失誤了，但我想，我還能把剩下的動作做完，我為什麼不繼續做下去呢！**」

■目標不能放棄，擦乾眼淚，繼續努力

在頒獎儀式上，張丹和張昊雖然輸給了俄羅斯，不是金牌得主，但他們的表現，卻獲得最熱烈的掌聲，也是當天的主角和英雄！

在人生的道路上，我們有時會狠狠地摔了一跤，可是，這一跤之後，我們能放棄嗎？不，不能！我們都必須有不服輸、永不放棄的精神，繼續回到競技場上；因為——**「你可以哭泣，但目標不能放棄，擦乾眼淚、繼續努力！」**

事實上，許多比賽，非得拚到最後一秒，才能分出勝負；在比賽結束之前，誰都很難斷定「誰一定會贏或輸」？

不久前，我們全家到體育館觀看「超級杯籃球賽」。其中一場，「達欣隊」與「台啤隊」實力相當，也擁有最多的球迷，當然兩隊拚打起來，也是勢均力敵。

本來，達欣一路領先，可是台啤也頻頻拚命追趕；而在最後二十一．八秒時，台啤的許皓程居然神準地投進一球，反而以八十八比八十六超前達欣兩分；此時台啤的球迷更是欣喜若狂、歡聲雷動、尖叫不已！反觀達欣隊，則是灰頭土臉，只能把握最後二十多秒的進攻機會。可是，老天偏不幫忙，達欣隊王志群最

▲即使網被強風吹垮、吹破了，蜘蛛依然不氣餒，繼續編織更大、更牢固的網。（戴晨志 攝）

▲偷得浮生半日閒，認真努力的工作之餘，適時放鬆自己，是再出發的動力。（戴晨志 攝於歐洲）

後一投，球兒不進，彈了出來；大家搶成一團，球被台啤碰出界，裁判判球權歸達欣。這時，距離比賽終了，只剩「二・一」秒。

比賽在稍歇時，兩隊教練立即面授機宜——台啤想，如何阻止對方在二・一秒內進攻？達欣想，如何在二・一秒內出手得分？

裁判哨音響起，球員們人盯人，準備打一場「二・一秒」的大戰！

天哪，只有二・一秒如何攻？如何守？二・一秒，一眨眼就過去了，要守哪一個？要防誰出手？「田壘」是達欣的第一號戰將和射手，台啤想，球一定是傳給田壘，讓他出手！可是，說時遲、那時快，場內冒出個「張智峰」，跑來接應邊界球，運了一下球，台啤隊的三名球員見狀，也趕緊跑過來包夾。可是，張智峰眼見時間只剩下一秒、半秒……沒有時間思考了，只能勇敢地跳投、出手！

■鬥志昂揚，要堅持到最後一秒

此時，滿坑滿谷的觀眾，全都眼睜睜地看著那顆籃球在張智峰的手上投出，弧度很標準、很完美……您知道嗎，那球兒竟然「擦板得分」，而且，還是「特大號的三分球」！而在張智峰將球投出的一剎那，哨聲響起，比賽剛好結束！

媽呀，全場尖叫聲連連，太不可思議了，達欣隊張智峰居然在最後「〇．三秒」出手，投進了三分球，讓分數硬是多出了三分，而以「八十九：八十八」超前，也來個「大逆轉」，當場氣走台啤隊。

這時，達欣隊球員全都瘋狂大叫，真是太神奇了，本來以為輸定了，最後居然贏了！而台啤隊呢？各個呆若木雞，因為，煮熟的鴨子飛了！怎麼只有二．一秒，會被對方投進三分球？而且，球一進，比賽就結束了，一點反擊的時間都沒有！

真的，**在球場上、在人生的道路上，只要比賽還沒結束，都還有「谷底翻身」、「絕處逢生」的契機！可是，其先決條件就是「不能放棄」，要鬥志昂揚、充滿信心，要堅持到最後一秒、舞到最後一刻！**

多扎根基，多練基本功，才能屹立不搖

不久前，我趁演講的機會到了嘉義，也到嘉義公園一遊。嘉義公園是個很棒的公園，裡面有小橋流水、孔廟、遊戲設施、射日塔，還有翠綠樹林和植物園。

在公園中，有一棵「印度橡膠樹」讓我好驚訝，因為，那棵樹的樹根，多到讓我數不清；而且，那些密密麻麻的樹根，盤根錯節地裸露在地上，交叉糾結一起，看起來極為扎實、穩固。

而在植物園中，有幾棵「銀葉板根樹」，樹根長成三角板狀。為什麼？因為在熱帶雨林地區，水分容易快速流失；樹根，為了積聚水分、不讓雨水流失，也避免傾倒，就長成三角翼狀，來儲存水分，並增加抓地面積、固定樹身，讓自己能有足夠的水分、養分來成長、茁壯！

想想，樹，有時候比人還聰明！為了生存，它們懂得廣伸樹根，不斷地尋求養分，也盤結自己的根，讓自己的底，長得更扎實、堅定，而不會被大風吹垮！

同時，它們也懂得為自己集水，不揮霍、不浪費，為自己儲存生命的水分和食糧，來壯大自己。

人怎能比樹木更笨呢？我們怎能不為自己多「扎根基」、多練「基本功」，而使自己更屹立不搖？我們怎能不多「積蓄智慧、能力、金錢」，而使自己生命更美好？

大陸農村流傳著一首打油詩：「救護車一響，一頭豬白養；住上一次院，一年活白幹。」人生許多事都會有意外、也會有生病或不如意的時候，但，我們都是「在挫折中學習成長」、「在困難中尋求突破」；而且，**只要我們有心、努力學習，都會「一回生、二回熟、三回成高手」，不是嗎？**

行動加油站

二〇〇五年時，義大利曾有一架渦輪螺旋槳客機，在上空飛行，但油錶突然發生故障……當時，突尼西亞籍的機長一時驚慌失措，沒有想辦法應變、排除困難，只顧大聲呼喊、禱告，祈求神的幫忙……

最後，這架「突尼斯航空」（Tunisair）子公司 Tuninter 客機，在義大利西西里島外海墜落。當飛機墜毀時，機身因撞擊力道太過猛烈而碎裂，造成十六名旅客喪生，而其他乘客則抓住機身殘骸，在海中載浮載沉，等待救援。

很幸運的是，該飛機的機長、副機長都大難不死，獲救了！可是，調查空難的檢察官認為，機長在遇事時，心情慌亂，只顧大聲禱告，而沒有按照緊急程序，尋找附近機場降落，而選擇迫降海面，造成十六人死亡，難辭其咎。後來，機長與副機長都被義大利法庭判處「十年徒刑」。

人在遇到困難、亂流時，心情都會十分緊張、驚慌，但有人從容篤定，勇敢度過難關；有人則聽天由命，隨便由老天安排，「認命」了！

其實，人都要「認命」！但，這個「認命」不是「認輸」、「放棄」或「聽天由命」。這個「認命」，是告訴自己——「我知道，自己還有更大使命！」

「我不能放棄，老天還給我更大、更重要的使命，等待我去完成啊！」

真的，**「放棄只要一句話，可是，成功卻需要一輩子的堅持啊！」**

遇到困難、挫敗時，越要冷靜、堅定信念。

「多煩惱，無益！」不去煩惱，不表示不理它，而是要冷靜地面對它、克服它！

因為，「人若不控制困難，就會被困難所控制啊！」

智慧小錦囊

- 面對重大的困難與抉擇，「冷靜」是最好的顧問。
- 煩，這個字，是由「火」和「面」組成，意思是臉上有火。心火上升、面紅耳赤，容易中風；所以，要和顏悅色地看待一切逆境和不順眼的人。
- 我們都會逐漸變老，但，我們要儘可能活得老，也要活得好！

PART 3

每一次出手，都勇敢自信

金杯銀杯，不如別人的口碑！

我就是要樂觀，心情才會快樂！在悲傷難過中，我們都沒有哀愁、頹廢的權利。

有一天，我在台南縣新榮中學演講，全校師生千餘人，把大禮堂全都坐滿。在演講結束前，我對學生說：「有沒有人願意到台上來，把自己的夢想和大家分享？」

在密密麻麻的同學中，我看見一名女生舉了手，也慢慢地走出來。可是，我愣住了！為什麼？因為她個子很矮，矮到可能只有一百公分不到；但，當我再仔細一看，噢，不，她不是個子矮，而是「她沒有雙腳」！天哪，她竟然是「用雙手走路」！

此時，全校師生都看著這女孩，用雙手穿著拖鞋，一步一步地走到台上，我將麥克風拿給她。而她，壓抑著緊張，從容地說：「我的夢想是，明年我能考上成功大學！現在，我的成績還不夠好，但我一定會繼續加油……」當她的話還沒說完，全校師生已給她如雷的掌聲！

那時，我好感動！我沒看過有人「沒有雙腳、沒有下半身」，而用雙手來走路；而且她是那麼勇敢，願意第一個舉手，用雙手撐住自己的身體，一步步地走

到台上來。

幾天後，我的網站上有個署名「王心華」的女孩留話說：「哈囉，戴博士，不知你是否還記得我？那天你到新榮中學演講，見過一位用手走路的女孩，就是我啦！你好嗎？那天對你真的印象很深刻，因為有善心人士送我你的書全集，我都看過了，所以那天覺得你好面熟！我住在新營的一家教養院，有空多來參觀……」

過一陣子，我特別開車到台南新營，找到「心德教養院」，也看到了王心華。聊天中才知道，她十九年前被父母遺棄在電話亭前；她右腳殘缺、左腳畸形，也沒有肛門。後來經過「雙腳截肢」和「施作人工肛門」等四次手術，如今，一直用手代腳來走路。

「現在我什麼事都自己來，洗澡、洗衣服、走樓梯、上下床鋪……都靠自己！」在寢室裡，心華對我說著，也動作迅速地爬上她睡覺的上鋪。

斜風細雨中，巴黎鐵塔依然屹立，堅守崗位地放射光芒，讓往來的人群有著溫暖堅強的依靠。（戴晨志 攝）

上學時，她坐校車，但遇下雨時怎麼辦？她不能自己撐傘呀！心華笑著對我說：「我下了車，就用跑的！」「啊？怎麼跑？」我問。

「用手跑啊！淋著雨，用手跑，還好，我很少生病！」

雖然心華沒有雙腳，但她現在正努力學習電腦和資料處理，也天天開懷、開朗地唱歌！**她對我說：「只要不去比較就好！現在我不會太難過，我不會去想『我沒有腳』，因為我還可以『用手走路』呀！以後，我還想成為歌星或演說家呢！」**

■我不在乎別人的眼光，我的心正常就好

十九年來，心華一直住在教養院裡，她不知道爸爸媽媽是誰？她好想知道，但始終無法如願。然而，教養院中的董事長、院長、老師、院童……就是她的爸媽和兄弟姐妹，每天大家都融洽地生活在一起。

上學搭校車時，同學會幫忙她拿書包，讓她方便「用手爬上爬下」。有時戶

外教學，老師看她速度較慢，或引來別人異樣眼光，所以就建議她坐輪椅，但她說：**「不要，我要自己走，別人怎麼看我都沒關係，我的心正常就好！」**

在教養院裡，我看著心華熟練地用手爬樓梯，也大方地打開電視螢幕、拿著麥克風，唱著一首首她拿手的中英文歌曲。在學校，她曾經拿到全校歌唱比賽第三名，也受邀到電視台，參加「冠軍ＴＶ秀」的歌唱表演。

「我看妳一直笑嘻嘻的，很開朗！」我說。

「對啊，人家也都這樣講，說我很樂觀！我就是要樂觀，心情才會快樂！」

至於考大學，心華謙虛地說，她成績不好，還要繼續加油！不過，她表示，不管未來如何，她絕不怨天尤人，她要靠自己的雙手活出自己！而且，她還想找到自己的親生父母！她說：「我知道，要找到我爸媽的機率很小，但只要我有信心、耐心和毅力，說不定我會找到。我決定再等待奇蹟！」

看著心華低矮的身軀、用雙手走路，我真是感動！真的，能在逆境中力爭上游、不屈不撓的人，都是令人敬佩的勇者！只要像心華一樣「磨亮心中的鑽石」，我們就能發光、發亮，而不再在意外表的殘缺。從心華身上，我學習到——

「人生路，自己走！」

「不計較，有歡笑！」

「少怨氣，多福氣！」

別悲痛，扭轉命運靠自己

自從一九九四年我出版《你是說話高手嗎？》以來，至今已邁入第十五年了，在這期間，我寫了三十五本書，也出了一套《享受成功，邁向顛峰》的有聲書，這也是我始料未及的。因為，我原本以為，我會在大學校園裡教書，沒想到，我離開了校園，改為專職寫作。

以寫作為職業，我沒有老闆，也不必上班、打卡，一切生活作息，都是由自己安排、計畫；這，也是我自己選擇的生活方式。我相信，我必須「自律」，給自己訂下計畫和目標，才能做出好成績來。

而當我在各地演講時，常有些故事令我十分感動，就像上述王心華的故事一樣，讓我觸動心弦、印象深刻。

我知道，許多生命是不公平的，有人拿到的生命之牌是不好的、甚至是爛的，但是，人不能「看破」，而要「突破」！只要我們願意，都可以憑著努力來「扭轉命運」，讓自己的生命之牌，打得精采萬分、可圈可點。

我深信，「扭轉命運靠自己！」因為——在悲痛中，我們沒有哀怨、頹喪的權利，但我們有自我突破、開創命運的義務。

換句話說，「你的路，你做主！」

行動加油站

在經濟不景氣的時候，很多人失業，但，也有人的業績呱呱叫。報載，有一名房屋仲介業務員鍾坤霖，他連續三年都賣出一百戶房子，等於是「每三天就賣出一戶」。

怎麼有辦法「三天賣一戶」呢？其實，一個業務員最重要的是他的「精神與態度」。鍾先生說，他每天要打兩百通電話，也至少拜訪十個客戶。他的誠懇、用心、勤奮，客戶都會看在眼裡，所以，他在工作中，是頂尖的「零客訴」──沒有人來抱怨、投訴。

同時，鍾坤霖有百分之四十以上的客源，是重複購買，或客戶介紹，所以，他的生意源源不斷。

真的，**「金杯銀杯，不如客戶的口碑；金獎銀獎，不如客戶的誇獎！」**

當我們做到口碑好，別人對我們不斷地誇獎的時候，財源就會滾滾而來，不是嗎？

要我們每天勤打兩百通電話給客戶，容易嗎？不容易，但，那是「不景氣中的生存之道」。別人做不到，但，你做到了，你就超越別人，就獲得更多的肯定與口碑！

想想看，「口碑」重要，還是「廣告」重要？

我相信，大家都會說——「口碑」比「廣告」重要。我們會相信別人的口碑介紹，而不會去相信電視上或報紙上的誇大宣傳廣告。

所以，**「口碑就像與羽毛一樣！」一個人做事認真、負責，態度積極，別人自然會口耳相傳；因為，口碑就是羽毛，我們都要加以愛惜啊！**

智慧小錦囊

- 客戶就像是空氣一樣，無所不在；只要用心、誠懇經營，就能創造奇蹟。
- 「心境苦，就苦定了！」因為，心中有苦，人就會陷入苦境；改變心境，才能脫離困境。
- 每天早上起床，要用微笑上妝，來美化一天的心情。

成為「有品牌的王牌」，才能贏得光榮掌聲！

在遇到挫折時，
要「用正面思考來轉換心念」，
因為，「轉了彎，路更寬」，
才能換得人生最美的記憶！

曾在報紙上，看到一女生寫到她以前的傷心往事。

這女生曾是政戰學校的女兵，經過兩個月的嚴酷訓練，終於有機會在國慶大會上，參加閱兵典禮。這群女兵，就是俗稱的「木蘭軍」，也是最受矚目的隊伍；她們以雄糾糾、氣昂昂的小快步，通過閱兵台，接受總統校閱。

同時，在雙十節的前三天，全體學校的男女軍人，都得進駐附近校舍，以防有人臨時出狀況。

就在雙十國慶當天，最後一次整隊時，教官突然走到這女生身邊，二話不說，就把這女生帶離隊伍。原來，她，是最後一個被「刷下來」的人。天哪，穿著一身亮麗耀眼的女軍服，戴著俏麗的小帽、白手套，總統府就近在眼前，她，竟突然被教官在眾目睽睽之下，拉出隊伍。怎麼辦？四處都是交通管制，她無路可退，只是眼淚不停地流。這件事，讓這女生撕裂心肺，直到她從軍校畢業，不曾再笑過。

看到這女生自尊受辱的遭遇，可以想見她當時的委屈和難過。換成是我，若在充滿興奮與期待中，臨時被人撤換，也一定會很失望、很傷心。

還好，我的身材矮胖，不會被挑選去參加國慶閱兵。

以前部隊行軍時，長官看到我經常頭疼，身體狀況不佳，就叫我不要參加，免得出意外、添增部隊的麻煩。可是，當連隊需要文宣、美術人才，或要畫壁報時，長官總是想到我；當部隊需要司儀、演辯人才時，長官也總會想到我。我，是屬於「文」的，不是「武」的，我自己知道。

■心念轉個彎，道路才會寬

退伍後，我考中廣、警廣、正聲等電台，想當播音員，也都沒考上，當時，也是十分傷心和失望。

但，人生不如意的事「十之八九」；那八九，是失望、是悲傷、是難過，我們就要忘記它！然而，別忘了，在「十之八九之外」，還有「一二」是好的，是

快樂、榮耀的，可能也是我們的「優勢」和「強項」啊！

所以，我們都要學習——「記住一二，忘掉八九！」

也因此，在遇挫折時，要「換個心、轉個念」，千萬別讓悲傷和難過，如影隨形啊！

因為，「轉個彎、路更寬」啊！

後來，我在華視當「文字記者」，但有一天，突然被主管調至編譯組當「編譯」。

當時，我很生氣、憤怒，想辭職，但忍了下來；過不久，高層主管告訴我，他誤信別人的話，太衝動，才把我調職，實在很抱歉；但他保證，不久之後，他會把我調回採訪組。

我雖難過，但也接受長官誠懇的說詞，調到編譯組去上班，每天翻譯外電新聞；同時，我也試著申請美國大學博士班，結果被奧瑞岡大學錄取了。半年後，

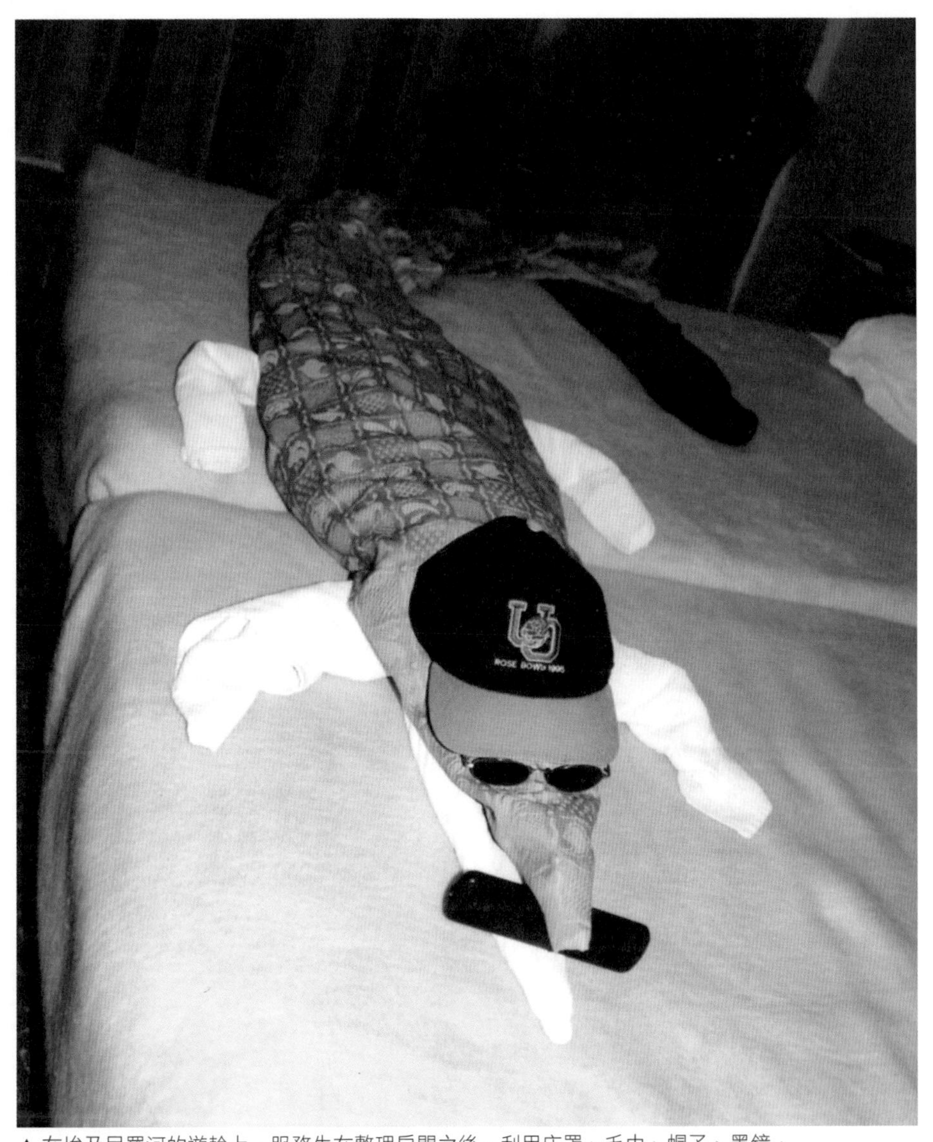

▲在埃及尼羅河的遊輪上，服務生在整理房間之後，利用床罩、毛巾、帽子、墨鏡，製作成一隻令人驚奇的「鱷魚」。（戴晨志 攝於埃及）

當長官依承諾將我調回採訪組時，我對他說：「謝了，我要去美國念博士班了，感謝您把我調到編譯組，讓我有機會勤念英文……」

■放下悲情、忘記挫敗，才有出路

「**一切都是最好的安排！**」當您生氣、沮喪、難過時，不妨告訴自己這句話。

因為，「塞翁失馬，焉知非福。」要不是我被調去編譯組當外電翻譯，我就不可能去申請美國大學博士班，想想，真的「一切都是最好的安排」啊！

挫折來臨時，「先冷靜、勿衝動」，要學會堅強。

因為，**只要站起來比倒下去的次數「多一次」，那就是成功啊！**

「**挫折，是人生的一部分。**」站起來，是需要勇氣的。但，**只要有目標、有勇氣、有毅力，跌倒時，勇敢爬起來、跨過去，那就是成功啊！**

所以，「放下悲情、忘記挫敗，才有出路。」人不能一直生活在悲情的情境之中啊！**老天總是在「最痛的地方」來考驗人，不是嗎？**

人生，無法一直享受著榮耀。在挫折中，勇敢走出悲情，「能大能小、能前能後、能一能二、能三能四、能笑能哭的人生」，才是幸福快樂的人生！

事實上，人生不只是要有「品牌」，而且還要成為「名牌」。只要有志氣、有勇氣、有毅力，最後一定會得意！

因為，在有哭有笑的人生中，只要「敢想」、「敢要」，並不斷地努力去追尋，就一定可以得到自己想要的「美麗夢想」！

所以，「敢想、敢要、敢得到」這句話，就做為激勵你我的金玉良言吧！

行動加油站

北一女中的樂儀隊，是聞名中外的一支美麗的隊伍，每個女孩的身材都是一流的，拋槍、耍槍的技巧，更是令人嘆為觀止。我曾和一些北一女的儀隊隊員訪談，她們說，剛開始她們和一般學生一樣，都沒有碰過那些槍，可是，想要從綠毛蟲，蛻變成一隻美麗、漂亮的蝴蝶，就必須經過痛苦和難熬的過程。

這些聰明、成績頂尖的女學生，勇敢地參加集訓；她們要克服恐懼，將手中的槍用力擲出，讓它笨拙地轉個弧度，再用盡力氣，牢牢地把槍抓住，這可不容易啊！

每一次的出手，都是一次的勇敢冒險；但，每一次的出手，也都是信心的考驗。一次失手了，不放棄，再來一次！一次打到頭了，沒關係，忍住痛，再拋一次！這次，會比上次好；下次，會比這次好！

一次次的，力道和方向，都逐漸掌握住了，也慢慢抓住訣竅了；這時，雙手上的瘀青、小繭、扭傷、疼痛，都在一次次的練習中，成為驕傲的印記！

當她們美麗的英姿，在美國加州元旦玫瑰花車大遊行時，整齊前進；她們純熟的操槍、拋槍絕技，引來數十萬人如雷的掌聲！她們英挺的身影中，眼睛卻是噙著感動莫名的淚水，因為，那是多少汗水、疼痛、挫傷所換來的歡呼和掌聲！

人的過去，都是苦澀、艱辛的，就如同北一女儀隊的同學，為了歡聲雷動的掌聲、為了國家的驕傲，再多的痛苦、難熬，都是可以忍受的。她們甘之如飴，也會一輩子記得——「**忍受疼痛，換來榮耀；忍住淚水，換來人生最美的記憶！**」

所以，樂儀隊的痛苦集訓，曾經給了這些女孩「最大的挫折感」，但，也給她們獲得了「最滿足的成就感」。

也因此，一個人的挫折，只要堅持，都能換得最美的榮耀。

一個人「不怕跌倒，只怕倒了，爬不起來！」

在不景氣之中，必須積極提昇自己的實力；越是不敢挑戰、害怕競爭、逃避現實，就越可能在經濟大海嘯中被淘汰！

智慧小錦囊

- 只有讓自己成為「有品牌的王牌」，才能贏得光榮的掌聲，因為，「實力，才是王道啊！」
- 成長過程中的痛苦，既然是避免不了的，那就勇敢地接受它、克服它，因為，它能給你帶來驕傲的榮耀！
- 要啟動夢想、努力實踐，讓看不起你的人，打從心裡「看得起你」！

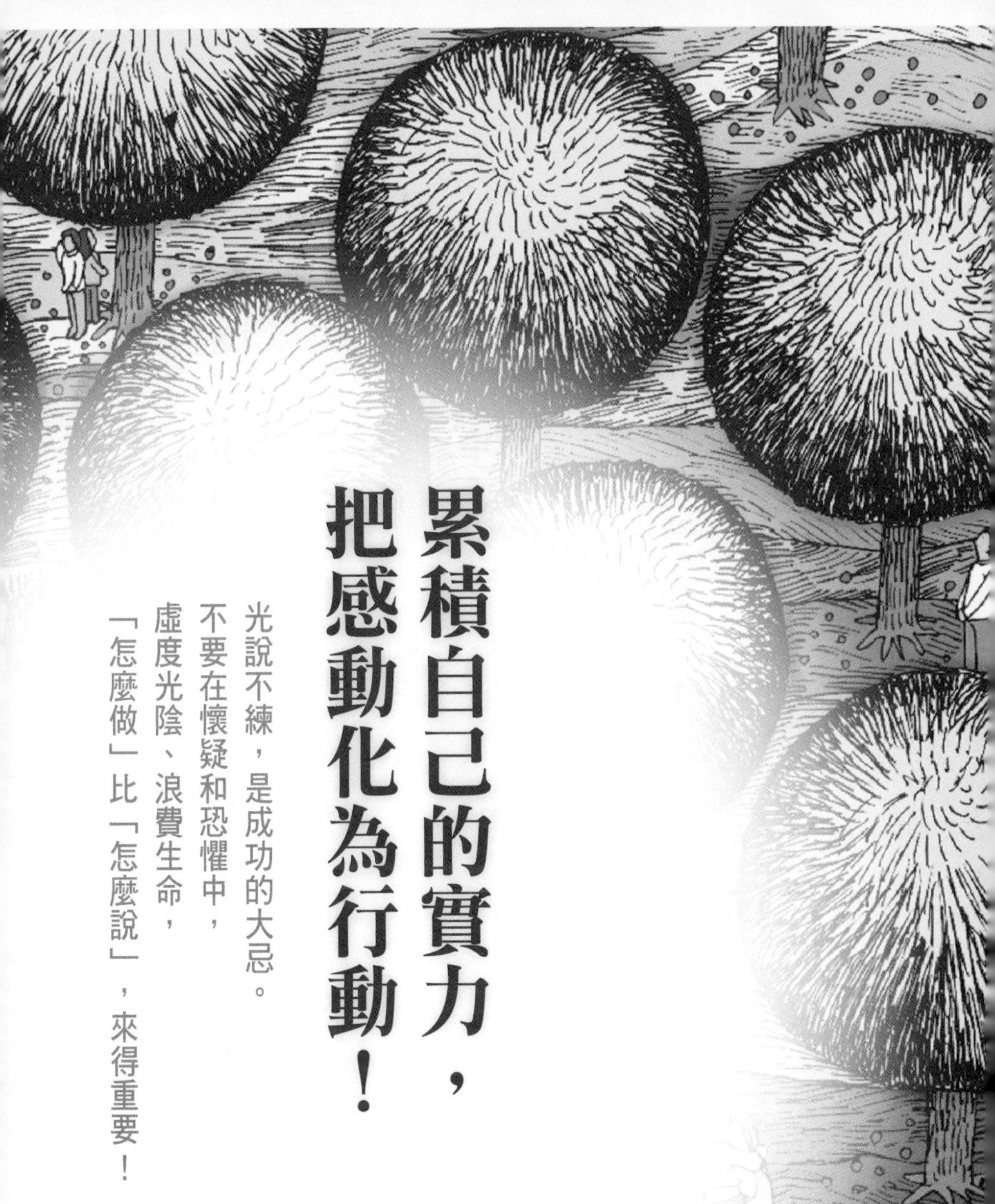

累積自己的實力，把感動化為行動！

光說不練，是成功的大忌。
不要在懷疑和恐懼中，
虛度光陰、浪費生命，
「怎麼做」比「怎麼說」，來得重要！

有個男孩在學校參加羽球比賽，得到冠軍，興高采烈地回到家時，就把那令他興奮、驕傲的獎盃，放在客廳的電視機上面，並且大聲喊道：「媽，我回來了！」

此時，在廚房做菜的媽媽，也走進了客廳，可是她似乎沒看見那個獎盃；於是，兒子就把獎盃挪放到沙發前的茶几上。可是，媽媽還是忙進忙出，也只叫他趕快去洗澡。

兒子心想：「這麼大、這麼漂亮的獎盃，媽媽居然還沒看見？」哇，真是氣死人了！這兒子索性就把冠軍獎盃，拿到餐桌上——「這下子，老媽，妳總該看到了吧！」

可是，媽媽忙著拿碗筷、端盤子、上菜，居然一句話都沒說，這……這也太離譜了吧！獎盃這麼大，媽，妳總不會瞎了眼、看不見吧！還是……妳心中根本沒有我這個兒子？……兒子心中的失望，油然而生。

「好吧，既然獎盃放在餐桌，媽還看不到，那乾脆把它放到流理台上吧！」

當兒子把獎盃移放到流理台時，也不禁大聲地抱怨：「媽，妳為什麼不看重我？怎麼看不到我辛苦努力比賽贏回來的獎盃？……也不給我鼓勵一下？」

這時，媽媽擦拭著額頭上的汗水，抬頭看看兒子說：「**兒子啊，從你一進門，我就看到你的獎盃了，可是你從進門到現在，怎麼都沒有看到我已經換了一個超漂亮的髮型**？」

培養孩子自動自發的學習力、求知慾

在生活中，孩子希望父母給他們更多的鼓勵、肯定和讚美；然而，父母也期待孩子在快樂的成長過程中，同樣能給予正面的回饋。

最近報載，在國際生物奧林匹亞比賽中，台灣有四名中學生分別摘下四面金牌。朱永載從小就沒補習，喜歡籃球、網球、桌球、游泳、彈吉他，也會自動自發地念書。陳子揚好奇心強，擔任班代、社團副社長，個性開朗、愛交朋友。高世軒喜歡文學及古典音樂，參加合唱團，也愛詩歌朗誦。葉旭航，則喜歡文史，會彈鋼琴、下圍棋、畫水彩和國畫……

這些榮獲「國際比賽金牌」的孩子，都是怎麼教出來的？四位金牌得主的父母異口同聲地說：「我們沒能力教，也沒有特別培養；孩子只是自動自發地學習，愛看書、個性也開朗……孩子會的比我們還多，我們只是關心一下他的飲食而已！」

其實，這些金牌家長真是客氣了！雖然在專業課程上，他們可能沒有教孩子很多，但至少在孩子從小成長的過程中，他們一定曾教導孩子——「**自動自發的學習**」、「**培養孩子的專注力、求知慾**」，**也一定會教導孩子「自我要求的自制力」**，**或是鼓勵孩子培養「各項才藝和興趣」**……

■永遠要坐到第一排

在英國，曾有一個名叫瑪格麗特的小女孩，父親從小就告訴她，無論做什麼事，都要盡心盡力，做出一流的成績：「妳永遠要坐在前排！妳要排在別人前面，不能落在別人後面！妳也不能說『我不會』、『太難了』……」

瑪格麗特接受父親的嚴格教育，凡事抱持必勝的信念，要克服一切困難；上課時，也都是「永遠坐在第一排」，專心念書、聽講。她在大學時期，體育、音樂、演講、拉丁文……都是名列前茅！

四十多年後，這女孩成為歐洲政壇的耀眼明星，也成為英國第一位女首相；她就是——「瑪格麗特．柴契爾夫人」，也是世人所熟知的「鐵娘子」！

「永遠要坐在前排！」這句話，給我無比的啟發。

很多人在上課、聽演講時，都習慣躲坐在後面。可是，哪些人能坐在前排？一，是老闆、主管；二，是業績優秀的人；三，是積極用心學習的人。

所以，頒獎典禮上能坐在第一排的人，少之又少，因為那裡是「頂尖人」、「得獎人」的位置。但是，只要你在學習時，習慣「坐在第一排」，眼睛也盯看著那些坐在第一排的頂尖、成功人物，進而積極行動，你，將來就會是常坐在第一排的人。

坐在第一排的人，是因為他們有目標、有理想，更重要的是，他們「把理想化為行動」，具體去實踐！

有發現力的眼睛最美麗

在嘉義一場千餘人的演講會後，一位媽媽主動來和我說話：「戴老師，我想買你全套三十多本書和有聲書，但我希望能帶我女兒去台北看你。」我說：「好啊，沒問題！」我又問這媽媽：「妳女兒在做什麼？」

這媽媽對我說：「我女兒在清華大學念經濟系，還雙主修日文；但她是視障生，幾乎看不見……我希望戴老師您能多給她鼓勵！」

我一聽，愣了一下！她是「視障生」、「嚴重弱視」，卻勇敢地在清大，和一般生一起攻讀經濟和日文，真是太了不起了！而這媽媽也真是偉大，平時擔任保險專員，也用心教導女兒——在學校要自己獨立生活。萬一在黑暗中跌倒，也一定要勇敢地站起來，更努力地往前走！

▲即使戴著老花眼鏡，那專注、用心的神情，一筆一畫的勾勒出自己心中的美好世界。（戴晨志 攝於歐洲）

孩子，都會逐漸長大。我在想，在這過程中，要教導孩子什麼？教他們——**「正面思考」**、**「欣賞別人」**、**「專注力」**、**「自制力」**、**「學習力」**、**「閱讀力」**、**「挫折容忍力」**、**「行動意志力」**、**「永遠坐在第一排」**、**「把理想化為行動」**、**「看好自己、無畏挫折」**……

父母要教導孩子的東西，太多、太多了。

孩子，都是可愛的、可教導的。只要父母多看見孩子的好、多看見他的優點、多鼓勵他，他就一定會越來越棒！

因為——「有發現力的眼睛最美麗！」

父母，要有發現力和欣賞力的大眼睛，就會培養出孩子的大能力！

行動加油站

在台中縣有一名五十五歲的楊姓婦人，從小上齒就有六顆暴牙，一直都沒有矯正。一天，楊姓婦人和丈夫一起到郊外騎腳踏車，途中遇到一陣強風，帽子幾乎快被吹掉，她本能地一手抓住帽子、一手騎車；可是她沒抓穩，剎那之間，人車倒地，翻了幾圈。

楊姓婦人被送到豐原醫院急救，醫生檢查說，她的身體和臉部有多處挫傷、右手骨折，前排六顆牙齒也被撞凹了！

可是，當牙科主任為她照X光、細心診療後發現——楊姓婦女被撞凹進去的「六顆暴牙」，已經自動地被「喬」到最佳位置了。

哇，這真是太神奇了！原本是六顆暴牙的，居然不用花錢整形，被騎單車一摔，暴牙竟然「自動歸隊」，不用戴三年的矯正器，就自動矯正成為排列整齊、美美的「美齒」。

可是，人生哪有一直都是這麼好運的？六顆暴牙要被摔車撞地，自動喬到不再暴牙的好位置，是「千萬分之一」的可能性呀！

每個人都要用心、腳踏實地為自己「不停地累積自己的實力與專業」呀！

星雲大師說：「歷史是時間的累積」、「財富是儲蓄的累積」、「成功是經驗的累積」、「名望是奉獻的累積」……

的確，我們每個人都必須「積學儲寶」、「積蓄能量」，讓自己的專業實力越來越豐富，才能超越別人，才能在不景氣的競爭中，立於不敗之地啊！

智慧小錦囊

- 「信心、毅力、勇氣」三者兼具，則天下沒有做不成的事。光說不練，是永遠無法成功的。
- 不要在懷疑和恐懼中，虛度光陰、浪費生命；「怎麼做」永遠比「怎麼說」，來得重要！
- 挫折，是生命中的階梯；一次挫折，就能登高一步！

為自己安裝，一對希望的翅膀！

上半輩子「不猶豫」，下半輩子才能「不後悔」！

肯吃苦，苦半輩子；不吃苦，苦一輩子！

平常，我很少生病，但，最近一個多月，我卻一直生病、看醫生。其實，我生的病，也不是什麼大病，只是喉嚨不停咳嗽，咳到很痛苦；後來，喉嚨痛、發炎，甚至連聲帶都發炎了，講話沒聲音……

追根究柢，就是我年紀大了，也太忙碌了。在這經濟不景氣、百業蕭條的時候，沒想到，我很幸運，演講邀約特別多；我經常在全省各地，甚至海外，東奔西跑地接受熱情的邀約，四處演講，以至於身體提出了警訊和抗議——「我受不了了，我需要休息了！」

也因此，我緩下了腳步，希望讓喉嚨和聲音，慢慢地恢復。

然而，在此忙碌的腳步逐漸緩慢下來時，我也靜靜地回憶一些我所遇見的人與事……

在一場一貫道邀請的演講之後，一位老媽媽買了我的書，拿來給我簽名。這老媽媽笑嘻嘻地對我說：「戴老師，我這個年紀，很少看書，但是聽了你的演講後，我很感動，所以我想買五本書，回去慢慢看……」

這老媽媽說著說著，手上拿出了一個紅包袋，對我說：「戴老師，這裡面的兩千塊，我拿來買書，其他的兩千元，你幫我拿去捐給孤兒院，好嗎？」

我看著這老媽媽，對她說：「妳可以多拿一些書沒關係啊！」

「不用了，不用了，我看不完那麼多書……我知道戴老師你常做公益，而我，也不知道去哪裡捐錢，你幫我把錢捐出去就好了……」老媽媽真誠地說。

此時，我恭敬不如從命。我接下那老媽媽的紅包袋，只見上面還留有三個子女的名字，而且上頭寫著：「祝媽媽　生日快樂！」

■只要開口，就有機會

有一名台中的女讀者和我約定，到我位於台灣大學附近的辦公室來看我。

當天，我比較忙碌，打電話告訴她，會比預定時間晚三、四十分才會回到辦公室。也因此，這女讀者只好在附近蹓躂、閒逛，等待我延遲的見面時間。

後來，當她進入我辦公室時，我原本以為她會有點不悅，可是，卻見她滿臉笑容，並對我說：「戴老師，我剛剛做了一件令我很開心的事！」

「什麼事？」我問。

「剛才，我提早到台北了，我看，跟你見面的時間還有一個多小時，我就到台大校園去逛逛！」這女讀者繼續說道：「可是，台大校園那麼大，我怎麼走得完？我記得你曾經告訴我們——『只要開口，就有機會！』所以，我就鼓起勇氣，做了一件事……」

「什麼事呢？」我真的很好奇。

「我呀，我勇敢地向台大警衛室的校警問說：『你的腳踏車有沒有用啊？我從台中來台北，只有一個小時的時間可以逛逛台大校園，如果，你的腳踏車暫時不用，那可不可以借我用一個小時啊？』」

「結果呢？校警借給妳了嗎？」我問。

「借啦！我的態度那麼好、又這麼可愛，他當然借給我啦……我有押一張證件給他啦！可是，我真的很開心，我騎了一個小時的腳踏車逛台大校園，一邊騎、一邊唱歌，也真的體會到——『只要開口，就有機會！』」從這女讀者的臉龐，我看見她具體實踐的喜悅。

■設定目標，不自怨自艾，努力實踐

前陣子，我受邀到總統府演講，承辦人對我說，可以派車來接我；可是，我對她說：「我可不可以自己開車過去？」因為，我直率地說：「我想感受一下，我自己開車進入總統府時，英挺的衛兵恭敬地向我敬禮的感覺……」

後來，我真的自己開車進入總統府。承辦人員與一名女主管，熱情地接待我。女主管，是小兒痲痺患者，她走路一跛一跛；閒談時，她在我的問話中，不經意地提到，她以前念書的學校，就在對面。她用手指點著。

對面的學校是什麼呢？——「北一女」。

「以前，我天天在那裡念書。那時，我就告訴自己，以後我上班的地點，就要在對面！」這女主管笑笑地對我說。

「對面」是哪裡呢？——就是「總統府」。

當時，我真是一陣感動！一個小兒麻痺的女孩，她必須克服多少困境、加倍用功讀書，才能念上北一女；也下定目標，絕不為自己的身體殘缺而自怨自艾！她只有「少抱怨，多實踐」，才能達成生命中的大目標呀！

■一隻「勇往直前、不聽嘲諷」的青蛙

聽過一則小故事——一群青蛙，一起辦了一個登山比賽，看誰能最先跳爬山頂上。比賽開始了，一大群青蛙紛紛地往山上跳爬！山，太高了，要努力跳爬到山頂，是很不容易的！於是，有些青蛙始抱怨了——

「天氣這麼熱，幹嘛辦這種比賽？」

「要辦比賽，也選一個低一點的山丘，幹嘛選那麼高的山？」

也有些青蛙互相嘲笑：「你的肚子那麼大，怎麼可能跳得上去？」

「我看你，臉紅脖子粗，再跳上去，就會心臟病發了……」

就在大夥兒一直抱怨、互相洩氣當中，一隻青蛙一直埋頭地往前衝、往前跳！牠，終於脫穎而出，第一個跳抵山頂上，勇奪冠軍！

為什麼牠能得到第一名，因為，牠是一隻「耳聾的青蛙」。

牠，不抱怨，只有努力實踐。牠，聽不見別人的嘲諷、輕視和抱怨；牠只有定睛前方、勇往直前！

人，不能抱怨，要勇於實踐！只有勇敢地走下去，不回頭地一直走，才能突破困境。所以，「路，只有一條，它的名字叫——勇敢走下去！」

本文中的老媽媽，她即使年紀大了，但也想多閱讀、多學習，甚至把子女送給她的紅包捐出來，幫助更需要的人。而從台中來看我的女讀者，她把握時間，勇敢開口，為自己製造機會，真的向台大校警借腳踏車，度過開心、愉悅地一小時。

而總統府裡的女主管，即使身體有障礙，但她訂定目標、積極實踐，終於讓

▲這是一輛行動販賣車，但「店內」的擺設很有創意，充滿專業巧思與用心，也抓住往來客人的眼睛。（戴晨志 攝於歐洲）

她在工作上如願以償。

一個人「不抱怨、正面思考、用心實踐」，是自我突破的祕訣，也是贏出自己的關鍵！

其實，只要樂觀、開朗、勇於突破，則「人生處處是機會」呀！

一個人，只要專注在自己熟悉的領域和專業，不聽嘲諷、不畏人言、勇往直前，就能獲得青睞、脫穎而出！

而且，一個人只要目標明確、態度積極，連上帝都會禮讓你三分呀！

行動加油站

刑事鑑識專家，也是人稱「神探」的李昌鈺說，他生於中國，成長於台灣，也在美國發展；他這輩子只做一件事，就是「把不可能變為可能」。他總是鎖定目標，一步一腳印地為自己的一生鋪路。

李昌鈺說，很多人誤以為他從小就立志當「國際偵探」，其實，他最想當的是籃球明星，可惜自己身高不足，後來考上海洋學院，又因家裡窮，念不起，只好投考警校，他母親還為此十分生氣。

李昌鈺表示，當年他到美國念書時，身上只有五十美金，花了十九元買了一台舊打字機，就所剩無幾；他在窮困至極的情況之下，以一年的時間，拿到博士學位，也打破紐約大學的紀錄。

李昌鈺博士說：「大學的訓練，就像是買到一張月台票，想搭哪班火車，要看自己的表現！」這就是李昌鈺所謂的「搭火車理論」。他也勉勵

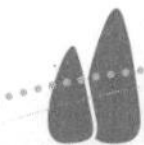

青年學子，求學一定要用功，因為未來的成敗只有靠自己。

有人說，有些人就是「天生好運」！可是，英國科學家在一項長達十二年，研究一萬四千人的調查報告中指出——「天生運氣好」的說法並不成立，在逆境中長大的人，比較能把握機會。他們的結論是：「人們可以主宰自己的命運！運氣好與不好，是性格與態度所造成的。」

其實，**有些人家境貧困，但態度認真且積極，就是為自己「安裝了一對希望的翅膀」，使自己飛得又高又遠！這樣的人，既平凡，卻又非凡！也就是，在平凡的自我中，創造出非凡的成就與意義。**

智慧小錦囊

☺想做的事，就馬上積極去做，這輩子都不要說：「我以後要怎樣怎樣……」也不要變成人在天堂，錢在銀行。

——大前研一（日本趨勢管理專家）

☺你我的一生，上半輩子「不猶豫」，下半輩子才能「不後悔」。肯吃苦，苦半輩子；不吃苦，苦一輩子！

☺如果覺得「自己沒有用」，那就是自己還不知道該如何使用——趕快去看別人的成功手冊吧！

要彎得下腰，才能拾起稻穗！

沒有什麼好放不下的，
勇敢面對它，抗壓性自然出來了；
除非自己走出來，
否則沒有人會幫助你！

前一陣子，我應苗栗縣頭份健言社邀請，前往該單位演講；原本我以為健言社三十人的小社團，來聽講的人數可能不多，不料，時間一到，竟來了七百多名鎮民，把鎮公所禮堂擠爆了。

在大城市、大公司或學校裡，七百人聽眾也許沒什麼了不起，可是在頭份小鄉下，要號召這麼多鄉親來聽三小時的演講，真的很不容易。然而，頭份健言社卻很有企圖心，他們為了這個活動，開過六、七次會，也向鎮公所申請經費和場地，更在各書店、路邊張貼布條和海報，也在電台廣播；同時，也向竹北、湖口、竹南、卓蘭等各地社團發出邀請訊息，所以，演講當天人群意外地熱絡，竟把禮堂擠爆了，連到場的頭份鎮長都感到驚訝萬分，因為，頭份鎮從來就沒有那麼多人來聽一場公益性演講。

在這場三小時的演講，為了不浪費寶貴時間，所以主持人宣布，中間不休息。天哪，要三小時不休息，我這個講師豈不累垮了？不過，我也知道，中場一休息，要再次集合六百人極不容易，一定會浪費不少時間。當然，三小時不休息，時間長度可能像是「看了兩場電影」一樣。然而，令我感動的是，三小時不休息，觀眾席上竟沒有人打瞌睡。

我問大家：「上課時，若有學生打瞌睡，是學生的錯，還是老師的錯？」在場中約有一百多名的年輕學生很興奮地回答說：「是老師的錯！」

「是誰的錯？」我再次問。

「是老師的錯！」聽眾席上更大聲地回答。

哈，當然，這是玩笑話。不過，學生聽課時打瞌睡，老師也是真的需要反省一下，看看需要用什麼方法把學生吸引過來，而不是大聲斥責他，或處罰他。同時，老師如果能參加健言社，練練口才技巧，也是不錯的方法。

■辛苦過後，必有幸福來臨

在「生命奇蹟小狐狸」這部日本電影中，描述一隻「又盲又聾又啞」的小狐狸，牠在小主人的愛心呵護下，堅強地讓自己活下去；牠雖然看不見、聽不到，但牠仍不放棄生命，讓自己活出生命的奇蹟！

在劇中小男主角對小狐狸疼愛有加，但小狐狸最後因腦部病變而死去。不過，小男主角的繼父對他說：「**辛苦」之後，都是有代價的，也都是「幸福」的，因為，「辛」這個字很有意思，在「辛」苦時，若再加上「一」點努力，「辛」這個字就會變成「幸」了！也就是說，努力「辛苦」過後，就一定會有「幸福」啊！**

我深知，像頭份健言社的小社團，要辦一場大活動來提昇鄉親的閱讀風氣，是要付出極大的心力，也是很辛苦的；但「辛苦」過後，就會有「幸福」來臨啊！從健言社幹部的認真付出與聽眾的笑臉中，我真是深受感動。

其實，在每一場演講與分享中，我都感受到聽眾給我的熱情回饋。記得，曾有個媽媽對我說：「戴老師，我要特別向您致謝！」

「為什麼？」我不解地問。

「因為，我女兒在高雄一家公司上班，有一天她和公司主管吵架，她覺得自己沒錯、很委屈，也很生氣，所以在憤怒中，她就決定辭職了！」這媽媽對我說道：「後來，我到高雄去看她，也帶了您的一本書《不生氣，要爭氣》送給她看。我對她說，妳要辭職沒關係，不過，妳心情先靜一靜，把這本書看完再說吧！」

「後來呢？」我問。

「後來她看完了，隔天她就低頭，去跟主管道歉，也跟老闆道歉，就不辭啦！現在，她心情改變了，也工作得很愉快，還升了一點官，所以，我要特別謝謝戴老師您啊！」這媽媽很真誠、高興地對我說。

真的，人生有太多不如意了，可是，在不順遂、很生氣時，千萬不要下決定，因為，生氣時所下的決定，可能都是非理性的，也可能是會讓我們後悔的！

所以，「越生氣，越需要冷靜！」只有更堅定信念、更爭氣、更打拚，才能使自己東山再起、反敗為勝，而令人刮目相看啊！

■有「報一箭之仇」的決心，才能成功

在上一屆的亞洲籃球錦標賽中，主辦國卡達故意把「中東兄弟國」分散在各組，所以，中華隊被惡整，分到「死亡之組」，與大陸、伊朗強隊同一組，最後慘遭淘汰，只得第九名。

而大陸與黎巴嫩交鋒時，「大哥大」中鋒姚明被黎巴嫩球員故意架拐子，打傷下巴，血流如注、鮮血直冒。真的，這種打法太過分、太欺負人了，大陸隊球員個個滿腹鳥氣！當然，後來大陸隊贏了，可是，為了報復，也為了發洩氣憤，大陸隊在下一場與「沙烏地阿拉伯」一仗中，大開殺戒、毫不留情。

「阿拉，保祐我們吧！不要讓我們太丟臉，至少讓我們拿十分吧！」沙烏地阿拉伯隊，一路慘敗，一場球賽幾乎拿不到十分。而姚明下巴貼著紗布，沒上場，只坐在板凳上看著隊友替他出怨氣，也把沙烏地打得變成「殺烏地」，最後比數是「九十八：十」，創下歷年來國際籃球賽中，差距最大、最懸殊的比數。

真的，「不生氣，要爭氣！」只有力爭上游，爭氣地做出傲人成績，才能使自己吐一口怨氣、報一箭之仇！所以，有媒體報導，大陸隊因著發洩憤怒，報復姚明被架拐子流血，而進行一場「大屠殺」；而倒楣、被遷怒的沙烏地阿拉伯隊，最後只拿下極為難看的「十分」。

為什麼許多人在報「一箭之仇」時會成功？因為，他們都有明確的「目標」，並且用堅定的「行動力、意志力」去達成使命。所以，只有全心全意的備戰，再加上百分之一百一十的努力，才能報仇成功啊！

其實，我們每個人都是「靠意志力來拚出頭」的！在我們人生道路上，會有許多荊棘路，但是，**「獲勝時，就大聲笑吧！輸了時，就大聲哭吧！」人生總是有輸有贏！不過，不管是輸、是贏，我們都必須清楚知道——下一個目標是什麼？讓自己抬頭挺胸、遇見朝氣的自己，並朝著下個目標力爭上游，才能積極進取、東山再起，贏得勝利的冠冕。因為，「勝利總在堅持後」啊！**

▲即使只是個街頭藝人，但配備、道具、行頭，樣樣不少，讓手上的小提琴家布偶，表演得栩栩如生。（戴晨志 攝於歐洲）

行動加油站

在這經濟不景氣、大環境蕭條時，全美各地什麼行業生意大興隆呢？

答案是：「當鋪業。」一家美國比佛利山莊附近的當鋪店老闆說：「銀行停止放款，民眾只好拿鑽石、手錶、金飾、珠寶來抵押、典當；從蒂芬妮鑽戒（Tiffany）、哈雷機車、船屋、露營車，到舊割草機，都有人拿來典當、求現……」

是的，當鋪熱了，老闆笑了，可是沒錢過生活的民眾，苦哈哈，每天為了自己的三餐和不確定的未來，而愁眉苦臉。

真的，大環境的經濟不只是衰退，而是嚴重、深度衰退！

可是，誰能救自己呢？——只有自己，能救自己！

「尊龍」客運董事長徐明正，十年前率先引進七四七總統座椅，成功

打響知名度；他們的票價比別家高出五成，但旅客仍大排長龍。

不過，也因一次「火燒車」事件，奪走六條人命，他也因此被判刑一年半。以前，他是出入有司機、名車接送的董事長，如今，他成為遊覽車司機，還幫旅客提行李。

從「董座」變成「司機」，人生就像溜滑梯，但徐明正說：「**沒有什麼好放不下的，勇敢面對它，抗壓性自然出來了。**」徐明正也曾自怨自艾，但他也體會到——「**除非自己走出來，否則沒有人會幫助你。**」走過山起山落的他說：「只要留得青山在，一定有機會！」

真的，人生就像溜滑梯，沒什麼放不下的。因為，只要走過低潮，就是人生高潮的開始啊！

「刺激，是一個人進步的泉源。」

「創新，常發生在大破壞之後。」

大起大落的人生，需要大大的刺激，才能使自己更徹悟、更精進、更創新；而且，「志不立，人生真是無著力處呀！」

智慧小錦囊

☺「心中有個大目標，千斤重擔我敢挑；
心中沒有大目標，一根稻草折彎腰。」

☺「要彎得下腰，才能拾起稻穗。」
心情要保持年輕、柔軟，展現抗壓性和企圖心！

☺大聲告訴自己：「我要看到我想要的結果！」但，也要隨時提醒自己，要成就它！

PART 4

做事要高明，不要太精明

佳偶並非天成，婚姻不能宿命！

人，一定要打扮，才會有自信，
人，也一定要有內涵與智慧，
互相欣賞、彼此尊重，
才會有美好的姻緣啊！

現在女性越來越注重自己的身材與外貌了，電視上經常播出女性內衣、豐胸、隆乳、美白、臉部整型……等等廣告。有一個女生得意地對一群男生說：「怎麼樣，我的三圍很棒、很不錯吧！」

「是啊，真的很棒！」其中一男生笑笑地說：「棒到要『三』個人才有辦法把妳『圍』起來！」

哈，是開玩笑的啦！不過，女生太胖、太豐滿，在交朋友時，就有較多的限制，也常招來異樣的眼光。就有一個胖妹，鼓起勇氣到電視台試鏡，希望突破自己自卑的心理，走出自己，而且，說不定可以成為另一個出名的「小象隊」明星。

可是當她試鏡回來，心情很沮喪地對朋友說：「我今天去試鏡，被淘汰了！」

「怎麼會呢？妳的演技很好啊，怎麼沒被錄取？」朋友安慰地說。

「演技好有什麼用？」胖妹難過地說：「導演叫我吊鋼絲，結果，我連續吊

斷了三根鋼絲！」

也有一個阿強，生氣地對同伴說：「小朱這個人很爛耶，他每次都叫我是小胖子，真是氣死我了！」

「對啊，小朱這個人就是很壞，講話都不實在……」同伴一副同情的口吻說：「明明就是個『大胖子』，還說人家是『小胖子』！」

哈，真是愛開玩笑！不過，在談戀愛中的男女，的確對自己的身材很在意，因為，「外貌」是吸引異性的重要因素之一，所以，青春期、或正在與異性交往的男女，都會盡量減肥，讓自己有最美麗、俊帥的外表和身材。

可是，咱們社會中，對男性和女性的外貌形容詞，有極大的差異。例如，對女生，身材瘦的，說她是「苗條」；胖的，說她是「豐滿」；高的，說她是「修長」；矮的，說她是「小巧玲瓏」……真的，這些形容詞，不管是高矮胖瘦，聽起來，都很好聽！然而，對男性，形容詞就很不一樣了。

怎麼說呢？因為，男人瘦的，就說他是「排骨」；胖的，就說他是「肥豬」；高的，就說他是「竹竿」；矮的，就說他是「矮仔冬瓜」……您看，我們男生就很悽慘，不管是高、矮、胖、瘦，聽起來，都很難聽，不是嗎？

■高矮不重要，自信才重要

而我呢，從念國立藝專開始，身高就只有一百六十五公分，都是屬於「矮仔冬瓜」這一族的；而且，我的臉又是胖胖、肥肥的，所以，念書時，就很少有漂亮女生願意和我交往；因為，人家女生要的，都是高高帥帥的男生，我這種「買皮鞋，都是一定要加高腳後跟」的男生，女生們通常都看不在眼裡。

噢，對了，我去體檢，護士小姐幫我量身高，量完後，她大喊了一聲：「一百六十四！」天哪，我竟又縮短一公分了！更令我生氣的是，前幾天，我去參加一項酒會，我向一女性總監打招呼，她打量我許久之後，才一副驚訝的表情說：「戴老師，你怎麼胖成這樣？臉好圓哦，害我認不出你來！」

噢，我一聽，真是氣死我了！有那麼嚴重嗎？是妳太誇張、太毒了吧！

不過，還好我已經結婚好久了，一男一女都已經念小學了，不必為「談戀愛、交女朋友」，一直為了外表太胖而大傷腦筋。

其實，我不是婚姻專家，也不是什麼男女戀愛專家，我只是個平凡的「文字愛好者」；然而，在我們周遭之中，感情、婚姻是一件大事，我們每個人似乎都在經歷。有人快樂、喜悅、感恩；有人卻是痛苦、悲傷、絕望……

最近，我聽到一對大學教授夫妻在嚴重爭吵之後，先生憤怒地摑了太太一巴掌！結果，太太不甘受辱，堅持「離婚」，最後也真的離婚了。太太沒有錯嗎？**「言語暴力」的殺傷力，有時勝過「肢體暴力」啊！可惜，當事人往往看不見自己的不是，只是一味地批評對方有「暴力傾向」**。

當然，在談戀愛時，男女生都是陶醉在「愛的甜蜜」之中，絕少想到未來可能的衝突。所以，有個女生在她的屁股上刺了兩個字「**夠翹**」。她的男朋友問她：「妳將來老了，屁股下垂了，怎麼辦？」

她說：「沒關係，到時候我再加刺兩個字——**曾經**。」

而好萊塢明星強尼戴普，與女星薇諾娜瑞德熱戀時，在自己的手臂刺上對方的名字「Winona」，哇，真是讓癡情女子羨煞不已！可是，沒多久，他們的愛情結束了，兩人分道揚鑣，強尼戴普只好忍痛地把手臂上的字，去掉na兩個字母，只剩下「Wino」（醉漢）一字。

■婚姻不合，絕不是「上輩子欠他的」

事實上，男女之間，「佳偶並非天成」、「美麗的愛情也不一定是永遠的」。男女的感情，是需要相互了解、彼此體諒、用心經營的。

可是，在相處了一段時間之後，有些人的「情緒如刀」，因為生活中有不合、有怨懟、有憤怒，所以一生氣起來，情緒就變成「一把鋒利的刀」，而去傷了那最親密、最親近、最貼心的情人。

所以，「結婚前，女人講，男人聽；蜜月後，男人講，女人聽；最後呢，男人女人一起講、一起吵，鄰居聽！」

不過，談戀愛、談感情，是一件可以學習的事，我們可以從別人的身上學到一些借鏡，而不要重複別人過去的錯誤，以至於使我們也灰頭土臉！

我相信，婚姻絕不是「宿命」，我們絕不能認為——「感情不睦、婚姻不合是我上輩子欠他的，我是要來還債的！我若不還，下輩子還會糾纏不清……」

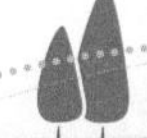

不，「上輩子欠債」的說詞，是假的、是騙人的，我們都要努力來經營這一生的感情生活。只要有心、有勇氣，就一定可以創造出自己亮麗的感情生活！

最近，網路上有「人生四大悲」的說法——

「一、**久旱逢甘霖，一滴**；

二、**他鄉遇故知，債主**；

三、**洞房花燭夜，隔壁**；

四、**金榜題名時，作夢**。」

願我們都不會遇見「人生四大悲」；相反地，願我們的感情生活，因著自己的細心選擇、用心經營，而能夠天天開心，平安喜樂！

行動加油站

在大陸江蘇省的南京市，有一對情侶相愛了兩年，感情一直很穩定；雖然他們在網路上，各有結識男女朋友，但他們仍聲稱，以彼此做為感情的依靠。

這男朋友姓徐，他在網路聊天室中，認識一個名叫「雲」的女友，跟他話很投機，總有說不完的話；他們兩人的心靈十分契合，聊得很開心，在短時間之內，感情發展得非常迅速，所以就相約見面。

見面時，徐某在約定的地點，手拿紅玫瑰花，滿心期待地看著來來往往的人潮，深怕一晃神，就錯過他心儀的「雲」。不久，他果然看到一個身穿白色洋裝、手拿「南京晨報」的女子。啊……這女子，身影太熟悉了，她……她不就是自己已經交往了兩年的王姓女友嗎？

天哪，要閃人，已經來不及了！這兩人錯愕地互看著對方……我的媽

呀，原來他們在網路上各自交的男女朋友，竟然是自己現實生活中的男女朋友。

這真是老天開的一大玩笑——「網戀對象，竟是真女友！」怎麼辦呢？這對男女尷尬地一起結束了「心怦怦跳的網路約會」；可是，他們也無法忍受彼此感情的「出軌」，最後協議，走上分手一途。

還好，我對電腦、網路不熟，從來不去上網、上聊天室，否則哪天上網與人聊天，約出來的對象「雲」，竟是自己的太太，或是女兒，那……那可真是不得了啊！

奧斯卡影后荷莉貝瑞曾主演「鬼影人」的電影；她說，她雖演鬼電影，卻沒有活見鬼；不過，**「像鬼的壞男人，她倒是遇見不少！」**所以，她**「不怕變醜，只怕撞鬼！」**

荷莉貝瑞透露，父母在她四歲時就離婚，埋下了心中陰影；她一路遇人不淑，一直沒有遇見過好男人，也不相信婚姻。因此，她「不怕醜，只怕鬼」——怕再次遇見「像鬼般的壞男人」！

唉，荷莉貝瑞很漂亮，卻遇不上對她真情真意的好男人，真是可惜呀！

不過，每一個男人、女人，都不應該「像鬼」。**人，一定要打扮，才會有自信！人，也一定要有內涵、智慧，互相欣賞、彼此尊重，才會有美好的姻緣呀！**

智慧小錦囊

☺「看到有大學生因失戀而自殺，我總覺得很遺憾……大學談戀愛，往往是一生後悔的開始。」

——聯電董事長曹興誠

☺做事應求「高明」，而非「精明」。成功的企業家很少有打混的，他們常常深思、熟慮，幾乎都像個哲學家。

——聯電董事長曹興誠

☺不該只躺在搖搖椅上想，搖來搖去還是在原地；要站起來，動手不做，才能前進。

活得有意義，勝過擁有珠寶！

在財富縮小時，
別讓生命也縮水了；
心情不好時，
快去做一件好事，就會快樂！

有一所小學辦運動會，全校學生興高采烈地參與各項體育競賽；其中，一個班級在大隊接力賽跑了最後一名，同學們都已經夠沮喪、難過了，可是老師還要他們寫「反省書」，反省一下，為什麼「跑最後一名」？

啊，跑最後一名就要寫反省書？可是，小朋友根本不知道「自己錯在哪裡」啊？寫，寫不出來呀！小朋友感到十分痛苦，家長也覺得不可思議，向校長抗議；校方出面道歉後，才平息這件事。

我的個子矮，跑步這件事對我而言，也是苦差事。然而，運動會的出發點是什麼？是帶給孩童歡笑，而不是處罰。有些人會跑步、有些人會音樂、有些人會讀書……「比賽」是要讓孩子學習認真、團結，也分享別人勝利的喜悅啊！

也有一群國中二年級的男生，為了參加班際盃排球賽，每天早早到校練習；他們苦練兩個多月，奪冠呼聲最高，可是，在正式比賽中表現失常而落敗，無法晉級。當時，這群男生難過得掉下眼淚，原本準備好慶祝的「拉炮」也派不上用

場。怎麼辦？這群男生將拉炮送給打敗他們班的對手，讓他們去「慶祝勝利」！

隔天，這群男生又起了一大早，到學校去練排球，為什麼？因為這群男生相約——「要幫打敗他們班的對手練球，希望他們能拿到冠軍！」

贏了，當然高興！輸了，把慶祝的拉炮送給對方，也十分有風度；再幫對手練球，祝福他們得冠軍，更是成人之美的風範與智慧啊！

這群男生，不用去寫「反省書」，但他們以實際、成熟的行動，轉化挫折、失望為祝福；因為，他們懂得勝敗的意涵，也了解認真用心、互助分享、團隊共榮，才是人生最大的快樂啊！

■萬事勤則易，懶則難

在台北，有一名四十八歲又聾、又啞的男子王浩，四處打零工，也做過送報生、油漆工、電子公司作業員、水電工。後來，他到一家房屋仲介去賣房子。天啦，聽不到，又不會講話，他如何賣房子？

可是，憑著信心和勇氣，王浩每天一大早就穿著西裝，在市場裡擺放買屋看板，逢人也鞠躬送DM。面對一個不說話、只鞠躬送傳單的中年男人，每個人都懶得回應他，也懶得收傳單。

就這樣，王浩不管日曬雨淋，一站就是近四小時，誠懇地遞送傳單，傳單上告知，若想看房子請找某某店經理。後來，有人被他的精神打動，紛紛指名託他買賣房子，也讓他成為一名超高人氣的房屋仲介員。

一位從事保險二十多年的女經理說，她常看到王浩鞠躬發傳單，心裡總是嘀咕：「這公司是怎麼教業務員的？連問候一聲的基本禮貌都不懂？」但，直到媒體大幅報導瘖啞房仲員王浩的故事，她才激動又羞愧地跑去看王浩，對他說：「真的對不起，我不知道你不能說話……」

面對挫折與困頓，王浩每天依然微笑地工作；他的座右銘是──「萬事勤則易，懶則難。」

王浩如果戴上助聽器，聽得到聲音，但他不喜歡嘈雜，他遠離紛擾世界，更

▲在博物館前，仰著小臉專注的看著老師，因為腳下踩著、眼睛看的，都是歷史的記憶。（戴晨志 攝於歐洲）

▲只要花一點巧思，就能為自己提昇競爭力，這也就是所謂的「藍海策略」；雖然是毛巾，但有了創意，就變成了讓人愛不釋手的可愛「蛋糕」。（戴晨志 攝於虎尾）

專心地賣房子。因為，景氣不好，不能怨天尤人，只能更努力地「少抱怨、多實踐」啊！

■選手跑多遠，教練就跑多遠

胡娜，原是中國知名的網球選手，但是在一九八二年，也就是她十九歲的那年，在沈建球教練的帶領下，前往美國參加聯邦盃網球比賽。而胡娜，在那次旅程中突然「消失、蒸發」，於美國尋求政治庇護，造成當年爆炸性的「胡娜事件」。

後來，胡娜在美國有八年精采的職業網球生涯，現在則定居台灣。二十六年後，為了拍攝胡娜戲劇性的前半生紀錄片，胡娜回到了四川成都，探訪影響她很大的女教練許必芳。

許教練已經退休了，全身因類風溼性關節炎而關節腫脹。她住在沒有電梯的公寓大樓，因不良於行，而無法下樓。

胡娜說，比賽時，每當自己快喘不過氣時，她都想起許教練的身影；因為，在訓練體能時，許必芳教練一定跑在她的前面；也就是——「選手跑多遠，教練就跑多遠！」

分隔二十六年，胡娜去看許必芳教練時才得知——許教練為了激勵胡娜鍛鍊體能跑步，在明知已有身孕的情況下，仍以身作則地跑在胡娜前面，最後導致「流產」。而這個祕密，她從未告訴愛徒胡娜，隱瞞了快三十年。

■珍珠的價值，有時和石頭差不多

人生，有許多「美麗的感動」，它讓我們看見紛擾人生中，仍充滿許多真善美。我們都在學習——「讓自己有多一點熱情和感動，也抓住自己再奮起的力量！」

一名阿拉伯商人對一群珠寶商說：「有一次我在沙漠中迷路，食物吃完了，飲水也沒了。在絕望中，我自知死期不遠。後來，我仔細地翻找一遍行李袋，發

現一個小袋子，摸起來像是穀物。我高興地抓狂了！可是，當我打開之後發現，那是……一袋珍珠！」

珍珠，價值再高、再珍貴，在急需食糧救命時，它跟石頭差不多，只會帶來絕望和痛苦。

在人的靈性中，美麗、動人的故事是最珍貴的；它讓我們找到人性中的美善與溫暖。只要我們心中有愛、有熱情和感動，我們的生命都不會「窮到只剩下錢和珍珠」啊！

行動加油站

台東聖母醫院骨科醫師施少偉，是一位菲律賓華僑；他原本可以在台北大醫院服務，但他卻選擇了面臨倒閉的聖母醫院，掛名負責人，堅持留在台東繼續奮鬥。

然而，施少偉醫師三年前被驗出罹患癌症，而且一次就患了肝癌、肺癌、直腸癌，都是末期。施醫師向上天祈禱時說：「再給我五年，我想看著小孩長大。」可是，當他知道自己身體已經不行時，曾向友人說：「再給我一年就好了！」

後來，施少偉必須定期到北部做化療，但一返回台東，總是顧不得休息，馬上為病人看診；而且，每次領薪水時，都退回一半薪水，並說：「我虧欠醫院太多，做的太少了！」

施少偉的太太說：「**他太傻了，他半夜病發，自己都強忍著痛苦，也不許我帶他去看急診，因他說：『掛急診，會讓其他醫師太辛苦了！』**」

可是，施少偉儘管自己是癌末病人，身受吐血、化療之苦，仍然堅持為病人看診。他的腹部積水、吐血多次，整夜無法入眠。而且，在他過世前四天，還撐著身體要穿醫師袍看診，直到在鏡頭前發現自己形銷骨立，才苦笑地說：「我這樣會嚇到病人，還是不去好了！」

施少偉得年四十九歲，留下妻子和一子二女，家中沒有任何經濟收入；**斷氣前，醫院決定為他在院內募款，他勉強同意，但卻遺言交代：「後事剩餘的錢，要捐回給醫院。」**

「活得有意義，勝過擁有珠寶！」有人收藏無數的骨董、鑽戒、名畫，或是坐擁數十、數百億財產，但，錢財、珠寶是帶不走的。

「愛，就是在別人的需要上，看見自己的責任。」施少偉醫師雖然是菲律賓華僑，但他生命中有一半的時間，都在台灣醫界服務，而且堅持待在偏遠的後山為病人看診；

他，只立志在鄉下當醫師；他，真是太偉大了！

智慧小錦囊

☺不要因為自卑，而輕估自己生命的價值；

不要小看自己，因為在人生的舞台上，大小都有你的一個位置。

☺在財富縮水時，別讓生命也縮水了；

心情不好時，快去做一件好事，就會快樂！

☺一個平凡人有不平凡的創意與行動力，才能成功！

上帝的悄悄話，不會說第二遍哦！

一等、二靠、三落空；
一想、二做、三成功！
一個人從「想」到「做」的時間越短，
就越容易成功！

去年中秋節，有四天的連假，大家都迫不及待地想回家，和親朋好友一起相聚；我剛從澎湖演講回來，坐在辦公室裡，整理一些資料。突然，手機電話響了，一看，是惠明學校校長打來的。

「戴老師，最近好嗎？……我們好謝謝您哦！」賴校長在電話那一端說道。

我一頭霧水，因為，我什麼事也沒做啊？惠明學校的孩子們，我已經好久沒有去看他們了。「惠明學校」是一所由基督教會辦的學校，校內的孩子們，都是眼睛看不見的，而且也有許多輕、重度智能障礙的孩子。

賴校長在電話中說：「戴老師，今天有一位林小姐，請貨運行送了兩百二十六盒月餅來給孩子們吃。我們依照上面的電話，請教她的身分和大名，她堅持不肯透露，只說，她是在一場戴老師您的演講中，聽到您特別提到惠明學校的孩子，也在影片中看到孩子的努力表現，很受感動，所以在中秋節前，特別送來兩百二十六盒月餅給孩子們吃，也祝孩子們中秋節快樂……」

聽了賴校長的話，我驚愣了一下，好感動！惠明學校的財務十分拮据，但在中秋佳節前夕，全校兩百二十六名的小朋友，每個人竟然都意外地收到一盒林小姐送來的月餅。

我不知道這名善心小姐是誰？只是，在此經濟不景氣、人情日漸淡薄、政治紛亂不堪的社會中，竟然還有人如此真心，主動發揮愛心義舉，送來兩百二十六盒月餅給這些「絕少有人關心」，而且「眼睛看不見、智能不足」的孩子們吃。

■千萬不要「空有才華而不自知」

在澎湖教育局主辦的演講中，有一名女老師站起來問我：「戴老師，你如何有辦法寫那麼多本書來感動人？」

我，很笨，不會做生意，也不懂高科技；我，喜歡安靜、閱讀、寫作，也透過演講，來和有緣人分享我的學習心得。

我告訴那名女老師：「大概就是『使命感』吧！每個人都要有一些使命感，因為上天賜給我們一些智慧和天分，我們都要把它發揮出來；我們絕不能『空有

才華而不自知』啊！也不能讓我們的才華，跟著我們一起出生、一起死掉！」

我不像大企業家，每年盈收數千萬、數億、數十億、數百億……

我，只是一個不想平庸、愛看書的「讀書人」和「寫作人」。

但，「積極向上、充實自己、幫助他人」的信念和使命，可以讓我們認真、用心地發揮自己的才華，來影響別人。

在現今的社會中，經常是——「壞消息太多，好故事太少！」我們每天接觸到的，都是政治惡鬥、詐騙集團拐人財錢、情殺仇殺，或黑心產品的壞消息……然而，我們的筆，是不是可以寫出一些感人、動人的文字呢？**可以的！只是，我們必須用心、用眼、用筆，去捕捉一些令人感動的人、事、物。**

■隨時記錄心中的感動

知名畫家吳炫三，是一個全身充滿創作能量的人。他說，他隨時攜帶筆記

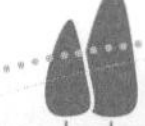

本，把聽到、看到的感動，記寫下來。例如，他曾在廣播中聽到一則火災的新聞——在熊熊火災過後的殘餘灰燼中，救難人員找到一具全身焦黑的母親屍體，而這母親的手上，還緊緊環抱著她幼小的兒子……

吳炫三先生說，他被偉大的母愛所感動，當場就把心中的感覺記寫下來，而創作出「母與子」的動人畫作……吳炫三先生還說：「**靈感，是上帝給創作者悄悄的語言；可是，上帝也很忙，祂不會告訴你第二遍！**」

吳先生的這段陳述和比喻，真是太棒了，也深獲我心。因為，我就是一個「隨時寫筆記」的奉行者。吳先生是畫家，我是寫作人，但，我們的共通點是——「隨時記錄心中的感動」，因為，那是上帝正在告訴你的一句悄悄話，可是，上帝真的很忙，你若不寫下來，祂不會告訴你第二遍！

在我離開電視記者、大學系主任的工作，而成為專職寫作人的十多年之中，我發現，高學歷或念文史學系的人，不一定會寫作文；**作文寫得好的人，都**

踏著白雪，定睛於目標，鍥而不捨，踏穩腳步，就會有攻頂的一刻！（戴晨志 攝於瑞士）

是——有興趣、肯用心，勤於抓住靈感、勤於收集資料、勤於不斷下筆的人……

很多人會說：「我沒什麼東西可以寫！」也有人說：「我想不出要寫什麼！」可是，一名畫家可以說「我不知道要畫什麼」嗎？就像吳炫三說，他隨時記下日常生活中的感動，只要用心觀察、認真記錄，則處處是學問、事事是文章啊！

■成功之塔，起造於用心之磚

有一次，我捐贈了八百本書給淡水鎮所屬的十七個中小學和圖書館，也做了一場演講；當我在播映一段短片時，坐在第一排的某中學女生，一直和旁邊的女生說話，也轉頭和後面的男生比手勢、寫紙條，從未看台上的影片一眼。

影片播映結束後，我問這女生一個與影片相關的問題，她當然傻眼，答不出來。此時，我對她說：「請妳現在立刻坐到蔡鎮長的旁邊，好嗎？我相信，鎮長很歡迎妳坐在他的身邊，好不好，大家給這女生掌聲，鼓勵她一下……」

這女生，悻悻地拎著書包，走到蔡鎮長身旁，坐了下來。從此，她身邊沒有同學可以說話了，她可以專心聽講了；她變得很用心、也很認真。

演講過一陣子之後，我故意問這女生：「妳恨不恨我？」

「不會啦……」她不好意思地笑笑回答。

「妳知道嗎，妳是今天所有人之中最幸運的一位，因為只有妳，可以坐在蔡鎮長旁邊；說不定蔡鎮長看妳可愛，收妳為乾女兒，妳不就賺到了？」我開玩笑地說：「而且，說不定以後蔡鎮長的財產會分給妳一些……」

真的，我們都在學習——「**看重自己，尊重別人！**」而且，「**專注，是成功的必要條件！**」一個人若不用心、不認真、不專注，如何使自己成功呢！

所以，俗話說：「**成功之塔，起造於用心之磚！**」我們每個人都只有不斷地堆砌「用心之磚」，才能建造出人生的「成功之塔」啊！

寫作，也是一樣，光說不練，是大忌！

人生的價值，不在於「知不知道」，而在於「你做了沒」？
寫作，不是用想的，不是你知不知道，而是要用寫的——「你寫了沒？」
寫了，就能進步，就能讓心飛揚！
寫了，就能開發自己、造就自己，也讓自己的生命，贏得許多「美麗的榮耀」！

行動加油站

在成功大學醫學院的畢業典禮上，成功大學校友、知名作家龍應台女士告訴在台下的學弟妹：「二十多年寒窗結束了，但這不是學習的終結，而是——**站在制度性學習的終點，卻也是自主性學習的起點**。」

的確，從學校畢業了，沒有人會再逼你念書，但是，自己必須逼迫自己念書、閱讀，來培養「永續學習的能力」。

根據一項調查指出，八成的台灣人都認為讀書很重要，但卻有四百五十萬台灣人不看書；台灣人每週讀書時間，只剩二點七二小時，平均每天只有花二十三分鐘看書。

可是，你知道嗎，台積電董事長張忠謀說，他每天花五小時讀書。天哪，「五小時」與「二十三分鐘」相對照，我們就可以知道——「平凡」與「不凡的創業家」有何差別了！

前清華大學校長劉炯朗也說，他對年輕人的忠告就是——「多讀書！」因為新時代的創意、領導力、品格、幽默感……都在書本裡。真的，我們都必須學習「深度閱讀、認真思考」，千萬別讓腦力變遲鈍。

認知神經科學教授洪蘭也指出，閱讀對開發神經有很大的幫助；閱讀越多，知識更寬廣，腦袋也會更靈光。也因此，閱讀越多，聯想力越綿密，就能觸類旁通，也能「靈光一閃」想出新點子，或是「舉一反三」增加創造力。

其實，**「靈感不會造訪懶惰的人！」**

培養孩子閱讀習慣、筆記習慣、思考習慣，就能使孩子的作文能力增強，內觀自省的能力也會加深，進而增進孩子的知識深度與廣度。

學習，是一個人一輩子都應該做的事。

星雲大師說：**「浪費時間可惜，生而不學可惜，學而無成更可惜。」**不管你我的年紀有多大，我們都要終身學習，像海綿一樣吸收新事物，才會使自己更愉快、更充實。

智慧小錦囊

☺ 除了讀書之外，年輕還必須培養「五力」，也就是——「資訊力、生命力、工作力、溝通力、創造力。」

☺ 「一等、二靠、三落空；一想、二做、三成功！」一個人從「想」到「做」的時間越短，就越容易成功！

☺ 多多閱讀、多學習、多請教。因為，「觀念一轉彎，財富翻兩翻！」

多幫別人加水，陽光就更加燦爛！

「看重自己，尊重別人；
善於溝通，鼓勵他人。」
福分就會自然降臨，
天空也會露出微笑！

有一天，我在辦公室裡接到一通電話，對方是個男聲，有點緊張地問說：「請問……這裡是戴晨志……的先生辦公室嗎？」

我聽了，覺得有點好笑。我知道，他太緊張了，把一個「的」字放錯位置了。對方說，他是某個學校的老師，想邀請我去演講。我說，好，不過，我這裡是「戴晨志先生的辦公室」，不是「戴晨志的先生辦公室」；一個「的」放錯地方，意義可就差很遠哦！

我們每天都在和別人說話、溝通，都期待自己每天很開心，也和別人談得很愉快。然而，現實生活中的溝通，卻常不如人意——有時，一時之間說錯話了、造成誤會了；有時，雙方各站在自己的角度、各執一詞，結果兩人都爭得面紅耳赤。不過，也有人說的話，如蓮花般的清香，都是鼓勵、讚美、肯定別人的話，令人歡喜、感動不已。

上台無數次了，但，沒有一次，像這次一樣，站上了台，卻如此難以開口講

出第一句話。

我抿住嘴、忍住了哽咽，站在台上，卻遲遲說不出第一個字；我知道，說出了第一個字，我此刻的心情，可能就會失態地痛哭出來。然而，我既站上了台，我就必須說一些話。

莫約三十秒，我終於說了第一句話：「……以前，我的成績不好……」才說第一句話，我哽嗆住了，眼淚忍不住地流了出來：「……我兩次聯考沒考上……但是，我爸爸……從未責罵過我……他只告訴我，別灰心，再加油！」

台下，百餘名前來參加爸爸追思禮拜的親朋友人，眼睛盯看著我。我，不是來演講的，只是以一個兒子的身分，站在父親的追悼會上，說出自己與父親永別的心聲：「……為了出國念書，我考了八次托福……但是，我爸爸從來沒有一次大聲責備過我……他都只笑笑地對我說，別放棄，再繼續努力！」

一邊哽咽、啜泣，一邊站在台上說話，似乎是很失禮的，也是我生平的第一次。但是，儘管臉上掛滿著淚水，我仍然必須告訴大家：「爸爸這一生對我講話，從來都沒有大聲指責，或嚴厲責備……他總是用鼓勵、讚美、肯定的正面態度，來和我說話……當我買任何東西給他吃時，他都會說：『這東西好好吃哦！我從來沒吃過這麼好吃的東西！』……當我載他和媽媽一起出去玩時……他總是說：『哇，這裡風景好美、好漂亮！』……

真的，爸爸對我們說話，總是面帶微笑、感謝、知足、快樂。他常常把孫子、孫女的作文、油畫、成績單，或送給他的卡片，一而再、再而三地拿出來細細品味……而且，口中都是用讚嘆的口吻對我媽說：『咱這兩個孫，怎麼這麼乖、這麼聰明，會畫出這麼漂亮的畫、寫這麼棒的作文……』」

逐漸地，站在台上的我，心情慢慢平靜了。

我看著台下始終悲傷落淚的母親。她，陪伴著爸爸走過五十多年的人生路，突然之間，七十八歲的爸爸在睡夢中，不預警、沒告別地離去，她心中的悲慟和不捨，可想而知。

「爸爸靜靜的離開我們了，可是，我念小學三年級的女兒柔柔，時常告訴我：『爸爸，我游泳很累時，有看到爺爺在對我說話，叫我繼續加油耶！』……當全家人悲傷在一起禱告時，柔柔也說：『我看到爺爺的臉在地板上，他在對我笑耶！』……當德德、柔柔一起在浴缸裡洗澡，自編歌曲唱給爺爺聽時，柔柔說：『噓，我聽到爺爺在對我說話耶！』說什麼呢？爺爺說：『這是我所聽過，最──好──聽──的──歌！』」

當我說到這裡時，我看到台下的媽，已經泣不成聲了！

■光亮地燃燒自己、照亮別人

在追悼會中，我以遺族代表身分說話時，我真的必須說出心裡最想說的真話：「前幾天夜裡，我在睡夢中，我看見有一水泥柱，上頭的水龍頭一直冒水出來，一直冒、一直流，像泉水般大量地噴湧出來……這時，我看見爸爸的臉、爸

▲雖然只是匆匆一瞥，但峇里島上居民看著我，臉上露出燦爛笑容，讓人印象深刻、難以忘懷！（戴晨志 攝）

爸的容貌，浮現在泉湧的水中，爸爸很開心。他燦爛、微笑的臉，一直看著我，看著大家，我則高興的一直拍手、一直鼓掌……

醒來後，我躺在床上靜靜地默想。那時，夜色還是黑的。我突然想起我寫的一篇文章——『做一個幫別人加水的人！』我相信，爸爸在我的夢境異象中提醒我：**我們都要做一個『不斷地幫別人加水的人』——多幫助別人、多鼓勵別人，多稱讚、鼓勵別人！而爸爸的一生，也就是一個真正『幫我們加水的人』，他讓我們的生命之水，福杯滿溢……」**

講到這邊，我不再哭泣，我平靜地向來賓，深深一鞠躬，走下了台。

真的，人的一生，可以燃燒，也可以朽壞。

燃燒自己，可以照亮別人；枯死朽壞，只會腐蝕。

你我的生命，要勇敢燃燒自己，光亮地燃燒，直到最末的一節柴、一滴油；你我的生命，都要成為「幫別人加水的人」，直到我們身邊的人，福杯滿溢。

行動加油站

每逢百貨公司推出各式各樣的限量產品，不管是福袋、手提袋或環保袋……等等，許多民眾都會徹夜大排長龍，希望能搶得先機，拿到這些限量物品。有時，因著媒體大肆報導，群眾更是瘋成一團，彼此推擠喧鬧，甚至爭吵、打架，還得派出保全人員來維持現場秩序。

唉，天下哪有什麼「福袋」呀！每個人的「福分」哪裡是這樣衝搶來的？福分，如果是可以用衝、用搶的，那大家都可以不用努力、不用行善、不用盡心盡力工作，每個人都上街「衝搶」福袋，增加福分了！

「看重自己、尊重別人；善於溝通、鼓勵他人」，福分自然會降臨！

只顧自己、不尊重別人、自私自利，搶奪福袋，則哪有福分可言？

有一名周姓計程車司機，當預約的客人上車時，他都會準備好礦泉水、喉糖；乘客一上車先問候，下車時，也會快步地到右後門為乘客開

門。他靠著這些「細節力」、溫馨的小動作，讓他擁有百分之二十的熟客人，也帶來了百分之八十的新客人！他「感動人的服務」，為自己帶來一個月十餘萬元的收入。

的確，看重自己、禮遇他人，就是幫別人加水，我們也會增加無限的快樂！

所以，大環境不景氣，不要怕壓力。

「有壓力，才會有活力、有創意！」而且，福分，是因為尊重別人、鼓勵別人而自然降臨，而不是用衝、用搶的，不是嗎？

智慧小錦囊

☺ 想要有好運，就要先「走運」——勇敢走出去，才會有好運。

☺ 多幫別人加水，就是人際關係的起點；多幫別人加水，則陽光會更加燦爛，連天空都在笑！

☺ 在別人急難時，伸一下援手；在別人沮喪時，給一份鼓勵。「雪中送炭，幫別人打氣」，會使失意人有更多的勇氣面對明天！

戴老師分享愛的贈書紀錄

日期	客購單號	筆數	總數量	總金額
980226	屏東縣政府教育處	32	4120	824000
971204	金門縣文化局	29	1334	266800
961102	中華基督教救助協會	1	200	40000
961011	淡水鎮公所	23	800	160000
960926	台東文化局	10	1695	339000
960827	澎湖縣政府	25	1650	330000
951107	彰化縣教育局	11	1000	200000
951003	苗栗教育局	6	1057	211400
950712	桃園縣教育局	6	1000	200000
950608	台中縣教育局	6	1000	200000
950515	南投教育局	5	1110	222000
950310	雲林教育局	9	3000	600000
941207	外交部	5	1000	200000

Master

高手作家戴晨志

讓你天天開心，洋溢喜樂的香水！

戴晨志作品9　◎定價230元

激勵高手

戰勝挫折，讓夢想永不停航！

31個真情故事，洋溢勵志精神，又不失輕鬆風趣，激勵我們向命運挑戰，直到勝利成功！

戴晨志作品10　◎定價230元

人際溝通高手

別忘天天累積「人緣基金」哦！

溝通是一種技巧、一門藝術。本書以幽默口吻、雋永故事，分享人際相處的觀念和感受。

戴晨志作品11　◎定價230元

激勵高手❷

挑戰自我，邁向巔峰！

人不要怕窮，要窮中立志！人不要怕苦，要苦中進取！

因為，痛苦是最好的成長，磨難是上天的鍛鍊！

戴晨志作品12　◎定價230元

成功高手座右銘

改變你一生的「智慧語錄」

人，是為勝利而生的，只要有鬥志，不怕沒戰場；只要有勇氣，就會有榮耀！

戴晨志作品14　◎定價230元

新愛的教育

動人心弦的「愛與溝通」

這本台灣版「愛的教育」，為您呈現一則又一則「愛的奇蹟」，保證讓您感動不已、熱淚盈眶！

讓你天天開心，洋溢喜樂的香水！

戴晨志作品23　◎定價230元

有實力，最神氣！

「A級人生」的成功秘訣

只要堅定信念、努力實踐，就可看見自己的天堂！
因為，「美夢成真」的地方，就是天堂！

戴晨志作品24　◎定價230元

讓愛飛進你的心

讓你感動不已的溫馨故事

彼此的愛、關懷與接納，讓我們活出溫馨美善、平安喜樂！

戴晨志作品25　◎定價230元

靠志氣，別靠運氣！

不被擊倒的信心與勇氣

一小時的實踐，勝過一整天的空想。只要我們「停止抱怨，努力實踐」，貴人就會出現，理想就會實現！

戴晨志作品26　◎定價230元

讓你成功的100個信念

不被擊倒的信心與勇氣

成功就是──「慾望+行動+堅持」。在人生道路上，要不斷地挑戰、突破、進攻，才能成為光榮勝利的贏家！

戴晨志作品33

機會，就在行動裡！——讓你揚眉吐氣、逆勢翻紅

作　者—戴晨志
編　輯—林俶萍
插　畫—王幼嘉
美術編輯—優秀視覺設計
執行企劃—王嘉琳
校　對—戴晨志、林俶萍
董事長
發行人—孫思照
總經理—莫昭平
總編輯—陳蕙慧
出版者—時報文化出版企業股份有限公司
臺北市10803和平西路三段二四〇號三F
發行專線—(〇二)二三〇六—六八四二
讀者服務專線—〇八〇〇—二三一—七〇五・(〇二)二三〇四—七一〇三
讀者服務傳真—(〇二)二三〇四—六八五八
郵撥—一九三四四七二四時報文化出版公司
信箱—台北郵政七九～九九信箱
時報悅讀網—http://www.readingtimes.com.tw
電子郵件信箱—ctliving@readingtimes.com.tw
法律顧問—理律法律事務所　陳長文律師、李念祖律師
印　刷—詠豐印刷有限公司
初版一刷—二〇〇九年六月一日
初版四刷—二〇一二年十月八日
定　價—二三〇元
⊙行政院新聞局局版北市業字第八〇號

國家圖書館出版品預行編目資料

機會,就在行動裡!：讓你揚眉吐氣、逆勢翻紅
/ 戴晨志著. -- 初版. -- 臺北市：時報文化
2009.06
面；　公分. --（戴晨志作品；33）
ISBN 978-957-13-5049-3(平裝)

855　　98008641

ISBN: 978-957-13-5049-3
Printed in Taiwan